LA FILLE D'AGAMEMNON

*Les ouvrages publiés d'Ismail Kadaré sont cités
à la fin de ce volume, page 131.*

Ismail Kadaré

La fille
d'Agamemnon

roman

traduit de l'albanais par
TEDI PAPAVRAMI

Fayard

Le titre albanais de *La fille d'Agamemnon* est
Vajza e Agamemnonit.

Note de l'éditeur

En 1986, à l'occasion d'un de ses rares séjours à Paris, Ismail Kadaré me confia qu'il souhaitait déposer en lieu sûr en France certains manuscrits dont la publication en Albanie était alors impossible. Il s'agissait de deux courts romans, d'un récit et de poèmes.

L'écrivain portait sur lui partie de ces textes. L'« exfiltration » de manuscrits étant formellement interdite par la loi albanaise, Kadaré avait maquillé ces pages afin qu'on pût croire à quelque traduction d'auteur occidental. À cette fin, le nom des protagonistes et les décors avaient été remplacés dans le texte par des personnages et des cadres allemands ou autrichiens. Pour ce qui était de l'auteur traduit, son choix s'était porté sur le romancier ouest-allemand Siegfried Lenz, moyennement connu en Albanie mais pas au point qu'on pût y savoir s'il existait ou non un roman de lui intitulé Les Trois K, comme s'appelait à l'époque le roman de Kadaré paru ensuite sous le titre L'Ombre.

Quelque temps après, Ismail Kadaré put sortir d'Albanie d'autres pages de ces œuvres, mais toujours trop peu pour un danger qui, lui, restait toujours aussi grand. Afin d'acheminer le reste, nous convînmes que le moyen le plus approprié était que je me rendisse moi-même à Tirana. Mettant à profit deux voyages successifs, je pus ramener la totalité des pages restantes et compléter ainsi les manuscrits de L'Ombre, de La Fille d'Agamemnon, de L'Envol du migrateur *et ceux de poèmes.*

Ces manuscrits furent déposés à Paris à la Banque de la Cité. En accord avec l'établissement, Ismail Kadaré me remit la clef du coffre, avec autorisation de l'ouvrir dès que je l'estimerais nécessaire.

À l'époque, pas plus que d'autres Ismail Kadaré ne croyait que le communisme s'effondrerait un jour en Albanie. Ce dépôt de manuscrits « dangereux » devait permettre à son éditeur, si l'écrivain venait à décéder de mort naturelle ou « accidentelle », de déclarer aussitôt qu'une partie de ses œuvres, encore inconnue, serait éditée dans les plus brefs délais. En expliquant la teneur de ces écrits inédits, il serait ainsi possible de mettre un bémol aux éventuelles distorsions que la propagande communiste ferait subir à l'œuvre et à l'image de l'écrivain.

Dans les trois proses ainsi que dans les poèmes déposés en lieu sûr s'exprime de façon directe et non ambiguë ce qu'Ismail Kadaré pensait du régime albanais, thème dont il n'avait traité jusque-là que de façon allusive et indirecte dans des romans comme Le Palais des rêves, La Niche de la honte, Le Concert, *etc.*

Note de l'éditeur

De ces manuscrits émigrés en France, le premier à être publié fut L'Ombre *en 1994. Le manuscrit subit alors les retouches nécessaires pour en gommer le fard germanique dont il avait été maquillé, surtout dans la première partie. Furent aussi comblées çà et là des lacunes artistiques laissées sciemment lorsque la vocation de l'œuvre était d'abord de faire passer — au sens premier, transfrontalier — un message.*

L'Envol du migrateur *fut publié plus tard. En albanais, il parut simultanément dans les deux versions : l'originale, telle qu'elle était sortie d'Albanie, et l'autre, retouchée du point de vue littéraire, telle qu'elle allait y rentrer (c'est bien sûr cette seconde version qui fut traduite en français).*

La Fille d'Agamemnon, le troisième des manuscrits mis à l'abri, est publié ici d'après le manuscrit de 1984-86 sans qu'y ait été apportée la moindre retouche. Il s'agit du premier volet d'un diptyque dont le second volet, Le Successeur, *a été rédigé en 2002-2003. Ces deux courts romans non seulement mettent en scène les mêmes personnages, mais constituent une des compositions littéraires les plus abouties d'Ismail Kadaré.*

Claude Durand.

1

Du dehors montaient depuis la rue la musique festive, le tohu-bohu des badauds et les clapements sourds de leurs pas, ce bruit particulier que seules produisent les foules se rendant sur le lieu de départ d'un défilé.

Pour la dixième fois peut-être, j'écartai subrepticement le rideau de la fenêtre et la même vision s'offrit à moi : les paresseux remous du flot humain convergeant vers le centre-ville. En surface, comme l'an passé, flottaient pancartes, bouquets de fleurs, portraits des membres du Bureau politique. Leurs visages semblaient d'autant plus figés au-dessus de ce fourmillement de têtes et de mains. Parfois, par suite d'un faux mouvement de leurs porteurs, les visages peints semblaient décocher des regards obliques, menaçants. Pourtant, même lorsqu'ils étaient amenés à se croiser, ils ne semblaient pas se reconnaître.

Je lâchai le rideau et m'aperçus que ma main tenait encore serré mon invitation.

C'était la première fois que j'avais droit à une invitation pour la tribune du Premier mai, et, comme à l'instant où on me l'avait remise, je ne parvenais toujours pas à croire que mon nom y fût inscrit pour de bon. Le vice-secrétaire du Parti avait eu l'air tout aussi interloqué. Il ne serait pas juste de dire que seule l'envie était chez lui perceptible. S'y mêlait de la stupeur. Dans une certaine mesure, il y avait de quoi. Je ne faisais pas partie de ceux qui s'affichaient dans les présidiums et recevaient des invitations pour les tribunes des jours de fête. Et si, comme je l'appris plus tard, le vice-secrétaire avait de lui-même proposé mon nom lorsque le Comité de Parti du *rayon* avait demandé d'autres propositions de candidatures que celles qu'il recevait chaque année, cela ne pouvait diminuer en rien sa surprise. Bien qu'il eût donné mon nom, il n'avait sans doute jamais cru que la nouvelle liste serait approuvée. C'est ce qu'on nous demande tous les ans, avait-il dû se dire, mais, pour finir, ce sont toujours les mêmes qui sont conviés.

Félicitations, félicitations, m'avait-il soufflé en me remettant l'invitation, mais, au tout dernier moment, ses yeux, en sus de l'envie et de la stupeur, m'avaient paru exprimer autre chose. C'était là, au milieu de son sourire, comme engendré par lui et pourtant d'une tout autre nature. Peut-être l'expression exacte pour le désigner aurait été « sourire entendu ». Concentré, interrogatif, plutôt malicieux, en somme, mais de cette malice particulière, bienveillante, dont on fait montre entre personnes qu'unit une secrète connivence. Ce sourire-là semblait dire : Cette invitation n'est pas tombée du ciel, hein, mon coco ? En échange de quel service y as-tu eu droit ? Mais qu'importe, félicitations, fiston !

C'était si manifeste que je me sentis piquer un fard. Un sentiment de faute ne me quitta d'ailleurs pas de tout le trajet du retour au cours duquel je me demandai à maintes reprises : C'est vrai, ça, en échange de quel service, cette invitation ?

En marge du charivari de la rue, l'appartement paraissait encore plus silencieux que d'habitude. Silencieux et vide. Tous s'en étaient allés au point de départ du défilé et mes propres pas, au lieu de meubler l'espace, ne faisaient qu'accentuer le silence et le vide, eux aussi d'une nature particulière, comme tout ce qui avait trait à un jour comme celui-là.

J'attendais Suzana. Pourtant, la sensation qui me creusait la poitrine ne ressemblait en rien à l'anxiété qui accompagne d'ordinaire l'attente d'une jeune fille. C'était quelque chose de plus écrasant, vraisemblablement amplifié par la musique et l'épuisant remue-ménage qui ne

13

cessaient de monter de la rue. J'avais presque l'impression que l'un des portraits finirait par se hisser très au-dessus de ses porteurs, jusqu'à atteindre ma fenêtre d'où il sonderait l'intérieur de l'appartement de ses yeux peints au regard figé : Qu'est-ce que tu fabriques ici ? Ah, c'est donc ça, **tu** as délaissé ta place là-bas, à la tribune, pour une fille, hein ?

« Si je ne suis pas là à huit heures et demie, ne m'attends plus », m'avait dit Suzana.

Chaque fois que je songeais à ces mots-là, mon regard glissait inexorablement vers le canapé sur lequel avait eu lieu notre dernière conversation. Celle-ci avait été d'une infinie tristesse. Telle qu'elle se tenait là, à moitié nue, tels ses propos sortaient aussi de sa bouche, par lambeaux, mi-dépouillés de leur sens : Il lui était de plus en plus difficile de me rencontrer... La carrière de Papa ne cessait de progresser... Plus que jamais leur famille était devenue le point de mire... Deux semaines plus tôt, lors du dernier plénum du Comité central, Papa était encore monté... Il était donc évident qu'il fallait qu'elle révisât son mode de vie, sa garderobe, ses fréquentations... Autrement, elle risquait de lui nuire...

— C'est lui qui t'a demandé ce... (je ne savais pas encore quel nom donner à ça), ou as-tu pris toi-même la décision ?

Elle me regarda fixement.

– C'est lui, répondit-elle au bout d'un instant. Mais...

– Quoi, « mais » ?

– Lorsqu'il m'a eu expliqué, je me suis rangée à son avis.

– Vraiment ?

Je sentais que mes yeux devaient avoir rougi, comme si on y avait lancé une poignée de sable. Se sentant fautive, elle avait posé sa tête contre mon épaule. Froids, ses doigts, éprouvettes de verre brisées, me fourrageaient les cheveux derrière la nuque.

Mais pourquoi ? voulus-je répliquer ; pourquoi toi seulement ? Leurs enfants, aux autres, en profitaient au contraire pour mener une vie plus libre : bagnoles, surprises-parties dans leurs villas au bord des plages... J'aurais sans doute fini par le lui remontrer si elle n'avait d'elle-même abordé la question. Les autres avaient en effet l'habitude de laisser leurs enfants jouir d'une certaine liberté, tandis que son père à elle... C'était vraiment quelqu'un à part... Va savoir quelles idées s'échafaudaient dans sa tête... Ou bien était-il au contraire cohérent avec lui-même et était-ce là un principe auquel en aucun cas il ne se serait senti en droit de déroger ?... Ainsi donc, si, à la cérémonie du Premier mai, il se tenait à la droite du Guide, tout serait fini entre nous...

Mon silence lui donna à penser que je ne saisissais pas tout à fait. Comprends-moi, poursuivit-elle en sanglotant. Il devenait pour lui inconcevable, compte tenu de l'opinion, qu'elle fît l'amour avec un garçon déjà fiancé. Car cela se saurait un jour. Surtout maintenant, tu comprends ? Ça finirait obligatoirement par s'ébruiter.

Je ne savais quoi répondre, tandis que mon regard s'était arrêté sur ses jambes.

– Même pour toi, ce n'est pas bien, ajouta-t-elle peu après.

– Moi, ça m'est complètement égal.

– C'est ce que tu dis là, mais, plus tard, tu le regretterais. D'autant que tu as à présent l'espoir d'obtenir une bourse pour Vienne.

Je continuais à fixer les parties dénudées de son corps. En vérité, je n'étais pas du tout sûr d'être disposé à échanger contre quoi que ce soit d'autre, fût-ce Vienne, ce corps dont la lisse blancheur tenait autant de l'adolescente que de la femme. Champs-Élysées de ses cuisses avec, tout au bout, l'Arc de Triomphe et son immortelle petite flamme rose... Jamais je n'avais encore rencontré de femme qui, pendant l'amour, gardât comme elle sur son visage cette souriante extase, comme si elle avait été en train de faire un rêve sublime. Cette extase se répandait ensuite de ses pommettes sur la blancheur de l'oreiller qui, même abandonné à son sort,

16

après le départ de la fille, paraissait garder dans le noir un peu de cette luminescence, pareil à l'écran de télévision qui, une fois éteint, continue un bref instant à diffuser un semblant de clarté. Tout en elle laissait deviner qu'elle aimait l'amour avec zèle, ferveur et sérieux.

2

Je considérai le canapé vide cependant qu'à mes oreilles continuaient de retentir les lointains accents de la fête. Par-dessus, rehaussées comme dans un écrin par le sentiment de perte, je me remémorais des bribes de nos conversations.

Si, le Premier mai... Mais en aucun cas tu ne dois en être chagriné... Ne crois pas que ce sera pour moi plus facile... Je sais ce que tu vas dire... Mais ce sacrifice est indispensable... Sans cesse je penserai à toi...

Ce sacrifice..., m'étais-je répété en mon for. Voilà donc le mot adéquat.

J'ajoutais foi à chacune de ses paroles, car elle prenait toujours tout au sérieux et n'avait pas pour habitude de parler en l'air, de feindre ou de minauder. Si elle était persuadée que ce... sacrifice... devait être accompli, il était vain d'essayer de la faire revenir là-dessus.

De fait, je ne fis aucune tentative en ce sens. Des heures durant, lorsqu'elle fut partie, je déambulai tristement à travers la pièce, jusqu'à me retrouver devant les rayons de la bibliothèque. Dans une sorte de demi-songe, j'en tirai l'ouvrage de Robert Graves, *Les Mythes grecs,* que je venais de lire, et me mis à le feuilleter.

Ni à ce moment-là ni plus tard je ne fus en état de comprendre par quelle voie mystérieuse le mécanisme de mes pensées débarrassa le mot « sacrifice » de son sens banal, quotidien (Camarades, l'époque nous demande des sacrifices sur le front du pétrole... Les sacrifices des éleveuses de bétail..., etc., etc.), pour remonter loin, très loin, à sa genèse. Là où il était encore grandiose et sanglant.

Cette échappée dans les temps les plus reculés constitua assurément pour moi un rebondissement décisif. De là à voir une analogie entre le sacrifice dont venait de parler Suzana et celui de l'Iphigénie antique, il n'y avait en effet qu'un pas.

Le sentiment de cette analogie avait-il germé en moi parce que Suzana avait usé précisément de ce mot-là, parce que son père, de même que celui d'Iphigénie, était un haut dignitaire, ou tout bonnement parce que le livre de Graves m'avait plongé depuis plusieurs jours dans l'univers de la mythologie ?

Comme je l'ai dit, je n'étais pas en état de me l'expliquer. Sans même songer à m'asseoir, brûlant d'impatience, je relus fébrilement tout ce qui se rapportait au légendaire sacrifice de la fille d'Agamemnon : les diverses hypothèses portant sur les raisons, plausibles ou non, qui auraient incité le chef des Grecs à accomplir ce geste funeste, jusqu'à l'éventualité d'un faux sacrifice, autrement dit d'une mise en scène destinée à l'armée (avec substitution au dernier moment d'une biche à la jeune fille, etc.)

À quoi rime de relire toutes ces choses-là ? me dis-je. En quoi peuvent-elles me servir ? Pourtant, je continuais à compulser avec avidité l'épais volume.

« À l'aube de la guerre d'Ilion
les Grecs sacrifièrent Iphigénie.
À l'Iliade de la Révolution
je t'aurai sacrifiée, ma chérie... »

Avais-je spontanément composé ces vers tandis que j'errais comme une âme en peine à travers l'appartement après avoir remis le livre en place dans la bibliothèque, ou bien ma mémoire les avait-elle fait resurgir de quelque lointaine lecture effacée par le temps ? Toute vraie tristesse se traduisait souvent chez moi par une certaine torpeur. C'est bien ainsi que je me sentais ce jour-là : somnolent, incapable de déterminer quoi que ce fût. Je n'étais pas à même, par exemple, de mettre un nom sur l'auteur de ces vers. Ni de décider qui, au juste, accomplissait le sacrifice, moi ou son père. Il me semblait que c'était tantôt lui, tantôt moi, ou, mieux encore, les deux ensemble.

Les bruits du dehors me parvenaient affaiblis. La rue s'était sans doute vidée. Les masses qui devaient défiler étaient déjà regroupées à l'endroit prévu. Mais ce silence assourdissant était tout aussi hostile et écrasant que le tintamarre qui l'avait précédé. Il me rappelait à tout instant que ma place était là-bas, parmi le tohu-bohu de la fête, et non pas ici, dans cette solitude.

Il était huit heures et demie passées. Il ne m'était plus permis d'avoir le moindre espoir de voir réapparaître Suzana. Elle s'était toujours montrée ponctuelle. À présent, je regrettais presque cette qualité tant de fois bénie qui m'ôtait dorénavant toute ombre d'espoir. J'essayai de justifier ses cinq premières minutes de retard (ce privilège féminin auquel elle avait volontairement renoncé). Je m'évertuai donc à l'expliquer par les embouteillages fréquents les jours de fête, mais, au lieu d'en être atténué, le supplice de l'attente ne fit que s'accroître. Suivit la deuxième tranche de cinq minutes, encore plus sombre que la première, au cours de laquelle je me retrouvai à plusieurs reprises sur le pas de la porte, près de le franchir.

J'avais décidé d'attendre jusqu'à neuf heures moins le quart, puis d'y aller afin de ne pas finir par perdre sur les deux tableaux. La crainte de ce qui adviendrait si l'on venait à se rendre compte de mon absence avait jusqu'alors été éclipsée par l'attente de sa venue, qui m'eût donné la force de me tirer d'affaire. (Je me suis fourvoyé... la police a barré le passage plus tôt que prévu, etc.). Il aurait suffi qu'elle vînt... Alors qu'à présent que je l'avais de toute façon perdue, je n'avais plus aucune raison de créer des problèmes supplémentaires par mon absence. Sans compter que j'avais quelques chances de l'entr'apercevoir là-bas, dans la tribune ou tout près, aux places habituellement réservées aux enfants des dirigeants.

Cette dernière pensée balaya mes dernières hésitations. À neuf heures moins cinq, j'ouvris la porte et m'en fus.

3

Les escaliers de l'immeuble étaient déserts ;
la rue aussi, en dehors de quelques rares passants.
J'éprouvai un premier soulagement, peut-être
dû à tout cet espace. Comme aimanté par un
regard, je relevai la tête. À l'un des balcons se
tenait notre voisin. Il contemplait la rue avec,
sur le visage, l'air souffreteux qui lui était cou-
tumier. Je fis un crochet pour sortir de son
champ de vision. On racontait qu'il était l'un
de ceux qui avaient rigolé, le jour de la mort de
Staline, ce qui avait eu pour effet de briser définitivement une carrière scientifique qui
s'annonçait brillante. Nombreuses étaient les
années passées depuis lors, et pourtant, si j'en
croyais mon souvenir, jamais cette expression
implorante n'avait quitté son visage. Ils ne
devaient pas être rares à avoir rigolé, lors des
rassemblements funèbres organisés ce jour-là,
pour rien, tout au plus, l'espace d'un instant, à
cause d'un dérèglement des mécanismes du rire,
phénomène fréquent en pareilles circonstances,

mais cette explication-là avait été systématiquement rejetée. Ils avaient été frappés sans pitié et maintenant, tant d'années plus tard, ils demeuraient aisément identifiables à cet air élégiaque par lequel, pour le restant de leurs jours, ils devaient racheter ce rire-là.

Tu ferais mieux de penser à la tronche que tu fais, toi ! me dis-je. Sans doute ne devait-elle pas être moins chagrine.

Comme si j'avais redouté que ma morosité n'attirât l'attention, je sortis le carton d'invitation et me mis à feindre d'examiner son verso sur lequel étaient indiqués les accès aux tribunes.

Une partie des gens encore dans la rue devaient se trouver en possession d'invitations semblables à la mienne : c'était visible non seulement à leur tenue vestimentaire, mais à toute leur attitude, à leur démarche comme à leur face épanouie. Elles les démarquaient nettement des autres badauds qui étaient descendus dans la rue dans l'espoir de trouver quelque emplacement d'où ils pourraient contempler le défilé, ou qui avaient perdu de vue leur délégation et qui erraient maintenant de-ci de-là, en arborant un air fautif.

La rue des Barricades, parallèle au Grand Boulevard, était noire de monde. De loin, peut-être de la place où étaient dressées les tribunes, parvenaient les flonflons de la fanfare. Chaque fois qu'ils frappaient mes tympans, je pressais le pas, bien qu'il fût à peine neuf heures et que je n'eusse pas de vraies raisons de me hâter.

Les invités se trouvaient encore mêlés aux autres passants, mais voilà qu'un peu plus avant se matérialisait déjà une sorte de ségrégation : en haut de la rue d'Elbasan, l'un des trottoirs était foulé par tous, tandis que sur l'autre, celui de droite, n'avançaient plus que les détenteurs d'invitations. Le véritable contrôle ne commencerait sans doute qu'après, ce n'était là encore qu'un premier tri. Néanmoins, la plupart des invités se plaisaient à se démarquer d'ores et déjà des autres badauds sous le regard hébété de ces derniers.

Je continuai d'avancer sur le trottoir de gauche, et j'en étais à me dire que Suzana se trouverait peut-être dans la tribune C-1, celle où l'on m'avait placé, lorsque je tombai nez à nez avec Leka B.

Je ne l'avais pas revu depuis des années. Alerte et souriant, mais d'un sourire autre que celui qui paraissait émaner des petits drapeaux rouges de la fête, il m'embrassa énergiquement par deux fois. Une telle joie des retrouvailles, en vérité, ne me paraissait pas pleinement justifiée. Si nous avions effectivement été camarades bien des années auparavant, alors que je poursuivais mes études de droit et qu'il fréquentait les Beaux-Arts, ce n'avait pas été au point que l'absence de l'un eût engendré chez l'autre un vrai manque.

— Comment ça va ? me demanda-t-il. Le journalisme te plaît bien ? La télévision, les caméras, en somme la vie moderne, hein ?

— Et toi ? lui lançai-je. Toujours à N. ?

— Ah, ne m'en parle pas ! dit-il du même ton enjoué. Moi, ça n'a pas marché fort. En fait, je n'étais pas si mal là-bas, mais, à cause d'une bêtise, on m'a relégué parmi les troupes de théâtre amateur de la cambrousse.

— Vrai ?

— Parole ! J'avais mis en scène une pièce contenant pas moins de trente-deux erreurs idéologiques ! Tu imagines ? Bon, tout cela est de l'histoire ancienne, et on peut même dire que je m'en suis plutôt tiré à bon compte.

Mon expression devait balancer entre stupeur et incrédulité, car il poursuivit :

— Sans doute penses-tu que je plaisante, mais je te raconte la stricte vérité !

Et, de nouveau, il évoqua les fameuses trente-deux erreurs idéologiques d'un ton désinvolte où ne perçait nulle trace de plainte ou de mépris. On aurait même dit qu'il en parlait avec une sorte de jubilation, pour ne pas dire une secrète admiration dont on avait du mal à déterminer si elle avait pour objet ceux qui avaient eu la sagacité et la patience de glaner une à une toutes ces erreurs, lui-même qui, loin de se contenter d'une banale erreur de rien du tout, d'une vétille, avait su cumuler un désastre d'une pareille ampleur, ou les deux à la fois.

– C'est ainsi, conclut-il. *Vingt-six ils furent, vingt-six ; le sable immémorial ne parvient pas à recouvrir leurs tombes...*

Jamais je ne sus ce que venaient faire là ces vers d'Essénine.

Cependant, nous approchions du carrefour qui dissociait définitivement les invités des simples passants. Bien qu'en d'autres circonstances j'eusse évité à tout prix d'exhiber mon invitation à ce camarade qui purgeait encore sa peine, je fus bien obligé cette fois de le faire. Ce fut pile à l'instant où tomba sa question : « Et toi, comment ça va pour toi ? », à la suite de quoi, non sans embarras, avec un sourire coupable, je sortis mon carton et lâchai :

– Comme tu vois, je suis invité là-bas : c'est dire...

Je ne savais plus trop comment poursuivre, sur le ton de la plaisanterie, avec sérieux ou en donnant libre cours à une ironie dont je n'aurais su préciser ce qui l'aurait suscitée : moi, lui, les caprices du destin – lorsqu'il s'écria avec allégresse tout en me soulageant :

– T'as une invitation ? Bravo ! Voilà qui me fait grandement plaisir. Mais peut-être dois-tu te hâter, es-tu déjà en retard...

Ni sur son visage ni dans sa voix ne perçait la moindre trace de moquerie ou d'envie dissimulée, et j'éprouvai du remords pour ces derniers vingt-cinq mètres au cours desquels ma seule et unique préoccupation avait été de trouver moyen de le semer.

De l'autre côté du carrefour, juste avant d'atteindre le premier cordon de policiers en civil, je me retournai une dernière fois et aperçus son regard pétillant qui m'escortait tandis qu'il me saluait de la main.

J'étais quelque peu déconcerté par sa gentillesse. Pourtant, le soupçon que c'était là tout simplement l'indice d'une déchéance de l'individu qui, pour des raisons difficilement explicables, se délecte de sa propre chute (soupçon qui, en d'autres circonstances, m'eût douloureusement tenaillé) se trouva cette fois balayé par ce transport de joie bienveillante qui me rendit d'autant plus décontracté le contact avec le premier cordon de police.

– Papiers.

Du coin de l'œil, je suivis le va-et-vient du regard de l'inspecteur entre ma photo sur le passeport et mon visage, essayant d'y repérer, pour d'insondables motifs, un signe d'incrédulité, de malveillance ou, au contraire, de considération. Au bout de quelques instants, tandis que je m'éloignais, je me dis que je devais avoir atteint un stade avancé d'abrutissement pour m'inquiéter tant soit peu de l'impression que susciteraient ma physionomie, mon nom ou mon carton d'invitation sur un obscur policier en civil que je ne reverrais sans doute plus jamais de ma vie.

Le boulevard Marcel Cachin, reliant la rue d'Elbasan au Grand Boulevard, était totalement bloqué par la foule. Seuls les invités le longeaient sur un côté, par petits groupes ou isolément, comme moi. D'aucuns étaient accompagnés de leurs enfants porteurs de petits drapeaux ou de fleurs en papier. D'autres arboraient des décorations dont les dorures renvoyaient des reflets sur leurs visages. Un homme râblé avançait d'un pas alerte juste devant moi, tenant par la main deux fillettes aux cheveux ornés de rubans respectivement rouge et bleu et dont les minois semblaient tout droit sortis d'un documentaire sur les jours de fêtes officielles.

Le deuxième contrôle n'était pas très éloigné du premier. Je m'attendais à ce qu'il fût plus strict, mais la même procédure se renouvela à l'identique, ce qui ne pouvait que décevoir ceux qui venaient là pour la première fois et qui comptaient sur une inspection d'une implacable rigueur, le sérieux de celle-ci rehaussant d'autant le prix de leur invitation. C'était si vrai que l'homme aux fillettes qui me précédait laissa nettement percevoir une sorte de frustration lorsque, après avoir informé les policiers qu'il était bien le père des deux gamines et en possession de leurs certificats de naissance, il se vit répondre avec dédain par un des deux flics un modeste : « Passez ! »

Interloqué, l'homme hocha la tête comme pour signifier : Tu parles d'une vigilance ! C'était si ostensible que j'eus presque envie de m'en mêler et de lui lancer : Ne vous en faites donc pas, d'ici aux tribunes il y aura encore d'autres contrôles bien plus sévères !

En plus d'être particulièrement large, cette partie du boulevard Marcel Cachin dessinait un arc de cercle, ce qui permettait d'embrasser du regard les différents groupes d'invités. Ils avançaient à la queue leu leu avec un empressement gourmé qui, sous le soleil printanier, en même temps que les médailles, les petits drapeaux, les accents de plus en plus rapprochés de la fanfare, créait entre inconnus une radieuse solidarité. Rien que de fort explicable : le fait même qu'ils eussent été désignés par un même doigt (l'index de l'État) en vue de la même réjouissance solennelle scellait entre tous une alliance dorée, comme un désir de s'adresser la parole ou de se sourire, fût-ce avec retenue. Après tout, les autres, les gens ordinaires, ceux qui n'avaient pas été conviés, n'étaient-ils pas demeurés en deçà des cordons de sécurité afin de ne plus nous importuner de leurs regards interrogateurs, hébétés ou trop insistants : Pourquoi on t'a invité, toi, justement toi ?

Je me sentis honteux de faire partie de cet idyllique et paisible tableau de fête et fus soudain envahi par une pressante envie de revoir Leka B. en présence de qui je m'étais senti d'abord mal à l'aise, mais qui avait si bien su faire preuve de tact et de noblesse, lui, au point non seulement de ne pas laisser percer la question fatidique, mais de me témoigner un enthousiasme sincère, bien que lui-même fût banni depuis longtemps de toutes réjouissances.

Au troisième contrôle, je reconnus un militant de notre quartier. (Ce n'est qu'à cet instant que je me rendis compte qu'aux policiers en civil étaient mêlés toutes sortes de fonctionnaires du ministère de l'Intérieur ainsi que des volontaires de tels ou tels quartiers, eux aussi à coup sûr des « collaborateurs de l'ombre ».) En d'autres circonstances, je l'eusse toisé avec mépris, mais, ici, dans le rayonnement réconciliateur de cette grand-messe fusionnelle, j'inclinai plutôt à le gratifier d'un sourire. Or, non seulement il ne me rendit pas mon salut, mais il feignit de ne pas me reconnaître. Il feuilleta mon passeport avec indifférence, comme s'il ne m'avait jamais rencontré, bien que la veille je l'eusse encore croisé à la crèmerie, puis, sans même m'accorder un regard, il lâcha : Passez !

Humilié, je sentis le rouge me monter un peu aux joues, mais il ne fallut pas bien longtemps pour que sa manifestation de froideur me procurât un indéfinissable plaisir. Voilà qui indiquait que même si je faisais partie ce jour-là des élus, et indépendamment du fait que, de manière insidieuse, quasi imperceptible, tout en éprouvant une certaine honte, je n'y étais pas tout à fait insensible, je ne m'étais pas pour autant fondu complètement dans leur masse, ou plus exactement dans le mauvais versant de celle-ci. Ainsi donc, ce militant de mon quartier m'avait reluqué d'un œil méchant, et sans doute avait-il marmonné à part soi : Qu'est-ce qu'il fout ici, çui-là ? Qui en choisit des comme lui pour figurer à la tribune ?

Il ne m'en fallut pas davantage pour commencer à guetter les signes d'hostilité. Plus je me rapprochais du Grand Boulevard, plus ceux-ci devenaient perceptibles. Mais ce n'était encore rien. À l'instant précis où je m'y attendais le moins, alors que je pensais que seul le dépit pourrait encore m'égratigner (il était compréhensible que les habitués sur les listes d'invités regardassent avec animosité les nouveaux venus), que je n'avais donc plus à redouter désormais qu'une ennemie, la jalousie, tandis que l'autre, la soupçonneuse inquisition — « Et celui-là, en échange de quel service a-t-il mérité cette invitation ? » —, serait enfin définivement écartée du fait de l'égalité de notre condition sur ce plan-là, nous tous étant en quelque sorte dans le même bain, c'est justement à cet instant que celle-ci se manifesta plus ouvertement que jamais. Il s'agissait de deux hommes plutôt jeunes, en gabardine, arborant de ces visages qui vous font penser que vous les avez déjà aperçus quelque part, mais sans trop savoir où, lesquels me lorgnèrent à la dérobée tandis qu'ils me croisaient. J'eus l'impression que leur regard était teinté d'une lueur de sarcasme. Je me retournai afin de m'assurer qu'au contraire ils n'en avaient pas après moi, que je versais dans la paranoïa, mais je m'aperçus avec effroi que c'était bien moi qu'ils reluquaient. Et non seulement ils continuaient à me détailler, mais ils chuchotaient quelque chose entre eux tandis qu'un sourire torve aiguisait de plus belle les commissures de leurs lèvres.

Je me sentis rougir. Le réflexe de presser le pas se mua d'emblée en son opposé, et je faillis m'arrêter et leur lancer : Qu'est-ce que vous avez à glousser comme des greluches ? J'ai au moins autant de raisons de vous soupçonner, vous, vous ne croyez pas ?

Je ne fis ni l'un ni l'autre, mais continuai d'avancer en essayant vainement de les chasser de mon esprit. Je me rassérénai quelque peu lorsqu'un groupe jovial vint s'intercaler entre nous. Parmi eux, j'aperçus le petit homme et ses fillettes aux rubans rouge et bleu.

À part moi, je poursuivais néanmoins l'algarade avec les deux inconnus : Pour quelle raison auriez-vous le monopole du soupçon ? Au bout du compte, quel avantage auriez-vous sur moi sur ce plan-là ?

Voilà ce que je me disais, mais, je ne sais trop pourquoi, il me semblait que rien ne pourrait effacer le rictus de ces deux types. Pourtant, je crus soudain saisir la clé de l'énigme : l'avantage revenait à celui qui était le premier à soupçonner. L'autre, quoique peut-être innocent, serait toujours en position de faiblesse du seul fait d'avoir trop tardé.

Quelle folie ! m'insurgeai-je. J'essayai en désespoir de cause de me remémorer ce que j'avais pu lire sur la culpabilité collective, etc., etc. Mais rien ne me revenait.

Devant moi, les deux fillettes enrubannées quémandaient quelque chose de leurs voix babillardes. Le père leur répondit avec patience, ponctuant ses explications de doux surnoms à l'adresse de chacune d'elles.

Un père idéal, tenant ses filles par la main, sous le soleil du Mai socialiste. Tableau idyllique, songeai-je. Seulement, dis-moi, qui paie pour ce chromo ? Qui as-tu coffré pour ça ?

Je restai le premier surpris par cet accès de fureur. Cela ne m'empêcha pas de lancer à la ronde un regard plein de hargne. J'étais dans l'état d'esprit du terroriste enivré par la vue du sang et qui, face à la foule, tire à l'aveugle, dans le tas. Tant qu'à faire, plutôt qu'ils me dégomment, je préférais être le premier à faire feu.

Perdant, celui qui tarde.

4

Je sentis peu après une sueur glacée m'embuer le front. J'avais perdu de vue les deux types en gabardine, ainsi que le tableautin idyllique aux rubans bleu et rouge. Je progressais parmi des inconnus qu'entre-temps j'avais accusés sans vergogne, sur lesquels j'avais grossièrement jeté de la boue à grosses pelletées, sans me préoccuper le moins du monde du fait que rien ne les empêchait de faire de même de leur côté.

Le Grand Boulevard n'était pas loin. Et toi, tu n'as rien sur la conscience ? me dis-je. Six mois auparavant, sortant du Comité de *rayon* du Parti où on nous avait convoqués pour une confrontation, je m'étais adressé cette question pour la première fois. Comme ce jour-là, je secouai la tête en signe de dénégation. Non, aucune tache de ce genre sur ma conscience ! Quoique, bien malgré moi, j'eusse été cause que deux de mes collègues des bureaux voisins eussent été sanctionnés par la relégation dans quelque bled perdu, je n'étais pas coupable. Au contraire, par leur stupidité, on pouvait dire qu'ils avaient bien failli causer ma propre perte. Vous êtes ici au Comité de Parti et vous devez savoir qu'au Comité de Parti le mensonge est banni ! nous avait lancé le secrétaire en nous scrutant. Toi, avait-il fait en me désignant, où as-tu déjà entendu insinuer perfidement que les rumeurs et ragots courant sur la disgrâce de tel ou tel haut dirigeant, au lieu d'infester le peuple à partir de l'élément petit-bourgeois, seraient échafaudés par l'État lui-même, c'est-à-dire, selon toi, par un bureau secret spéciale-ment créé à cet effet dans le but de préparer la chute effective dudit dirigeant ?

De toute ma vie jamais je ne m'étais encore senti aussi mal à l'aise. De tels propos m'avaient bel et bien été rapportés par mon voisin de bureau qui se tenait maintenant bouche bée en face de moi, mais ce que j'ignorais alors, c'est qu'il leur avait déjà tout avoué. De but en blanc, avec une étrange assurance à laquelle je me fiai totalement au fil des secondes qui pas-saient, je rétorquai que j'avais en effet lu cette théorie dans un ouvrage consacré à la Tchécoslo-vaquie d'après l'invasion soviétique. Les yeux du secrétaire me sondaient attentivement, mais, entre-temps, j'avais fini par me convaincre d'avoir lu pour de bon quelque chose d'approchant dans un livre. Ce qui m'aidait dans un élan de sincérité aussi candide, c'est que je venais effectivement de finir de parcourir un ouvrage consacré à la Tchécoslovaquie.

J'ignore ce qui plut au secrétaire dans ma réponse. Il eût été de bonne guerre d'accorder la préférence à la version de mon collègue qui avait pris des risques en se démasquant, et de mettre en doute ma propre version. Ce fut pourtant le contraire qui se produisit. Sans leur laisser le temps de se justifier (heureusement, devaient-ils reconnaître plus tard : c'est justement ce que nous voulions éviter !), il traita mes voisins de dangereux bavards, de sombres crétins, d'affabulateurs, de mégalomanes qui croyaient comprendre quelque chose à la politique alors qu'ils n'y entendaient goutte. De radoteurs invétérés qui, sans le moindre sens des responsabilités, plaquaient tout ce qu'ils entendaient dire des horribles réalités des pays bourgeois sur notre beau quotidien socialiste, etc. Tandis que moi, je m'en tirai par une de ces critiques qui sonnaient plutôt comme un éloge. Autrement dit, j'aurais dû veiller davantage à dissocier ce qui faisait l'objet de ces faux rapprochements, en sorte d'éviter les amalgames que pouvaient engendrer des conversations comme celles-là, surtout lorsque ce genre de sujets étaient abordés avec des individus sans cervelle, aussi politiquement immatures que mes deux collègues.

Et maintenant, ouste ! Fichez le camp, et pas un mot de tout cela à qui que ce soit, compris ? Telles avaient été les dernières paroles du secrétaire. Longtemps, son comportement ainsi que la conclusion subite de l'affaire m'avaient paru énigmatiques. Était-ce le fait d'un de ces engrenages aveugles qui, au lieu de toujours tourner dans un sens, en changent subitement, entraînant par là toute une série d'illogismes, ou bien le secrétaire avait-il saisi, pour conclure, l'occasion commode qu'offrait l'irruption d'un élément extérieur comme la Tchécoslovaquie ? Peut-être plus simplement avait-il dû affronter de nombreux problèmes ces jours-là, des critiques pleuvant d'en haut à propos de la non-réalisation du Plan, etc., et avait-il voulu se débarrasser au plus vite d'une affaire qui l'encombrait.

Il me considérait presque avec sympathie du fait que je l'avais délivré de ce souci. En sortant, je crus qu'il allait me poser une main chaleureuse sur l'épaule, de ce geste que j'avais tant de fois vu faire dans les films produits par les studios « L'Albanie nouvelle ». Et, bien que sa main ne se fût pas manifestée, je ne cessai de songer, plusieurs jours durant, à ce que les gens raconteraient désormais sur mon compte. Rien de plus naturel, puisque, des trois individus impliqués dans l'affaire, j'étais le seul à en être sorti indemne. Encore une chance que les deux autres, avant de partir pour la cambrousse, eussent répété à qui voulait les entendre que je n'y étais pour rien, qu'ils ne devaient s'en prendre qu'à eux-mêmes et qu'ils étaient amplement satisfaits que l'histoire n'allât pas plus loin, car tout aurait pu beaucoup plus mal tourner.

Plus tard, lorsqu'il m'arrivait de revenir en pensée sur cet épisode, j'étais de plus en plus frappé par ces mots : « Et maintenant, ouste ! Fichez le camp, et pas un mot de tout cela à qui que ce soit ! » L'empressement du secrétaire à clore l'affaire, sa gratitude à mon égard, surtout sa propension à traiter cela avant tout comme le fait d'écervelés, d'imbéciles aussi vantards que mythomanes, m'éclairèrent peu à peu sur ce qui m'avait d'abord paru énigmatique. Il n'y avait là ni mystère ni illogisme engendré par la rotation à vide d'engrenages déraillés. Aucun rapport non plus avec la lassitude du secrétaire confronté à de trop nombreux problèmes à traiter. C'était juste un stratagème destiné à tordre discrètement le cou à la rumeur. En vérité, celle-ci était de ces bruits particulièrement nocifs que l'État avait tout intérêt à étouffer dans l'œuf. Aussi, au moment de l'énoncé des sanctions, le vrai motif ne fut plus du tout invoqué, mais on rappela quelques manquements au travail, de ceux qu'à tout moment on peut reprocher au premier venu.

Le plus logique aurait été que l'État fermât les yeux et que les fautifs ne fussent pas du tout punis. Mais allez savoir quel engrenage continuait de tourner tout seul dans son coin, réclamant à tout prix une sanction... A moins que ce ne fût encore autre chose que je n'appréhendais pas.

Tout cela me revenait anarchiquement à l'esprit tandis que j'approchais du Grand Boulevard. De nouveau, après plusieurs mois de tranquillité, j'étais anxieux que ce qui s'était réellement passé parût suspect aux yeux de certains. Quiconque me connaissait était après tout en droit de me soupçonner en m'apercevant là, à la tribune. Moi-même, à deux ou trois reprises, je m'étais posé la question : n'avais-je pu servir aveuglément d'instrument destiné à faire plonger un peu plus mes collègues ? Après tout, c'était à moi qu'ils étaient redevables de l'accusation d'amalgamer la réalité socialiste avec les travers du révisionnisme... Sans parler de ce qu'ils penseraient s'ils me découvraient tous deux aujourd'hui sur leur écran de télévision ! Sans doute se diraient-ils : Nous avions cru qu'il nous déchargeait, mais, à ce qu'il semble, il nous aura bel et bien enfoncés, et même profond, pour être aussi généreusement récompensé !

On aurait mieux fait de ne pas me remettre ce carton d'invitation, me dis-je. Ou j'aurais mieux fait de ne pas venir, comme convenu avec Suzana... Brusquement, toute l'affliction découlant de son absence me retomba dessus avec la lourdeur d'une pierre tombale. Tous les malheurs à la fois, Seigneur ! soupirai-je avec amertume.

À l'intersection des deux boulevards se tenait un autre poste de contrôle, plus strict que les précédents. Mais j'avais maintenant cessé de m'en faire. Un vœu secret, celui que les flics s'aperçussent de quelque irrégularité sur mon carton d'invitation et me fissent rebrousser chemin, me chatouillait désormais à l'approche de chaque nouveau barrage.

Vain espoir. Il était des domaines où l'on ne relevait jamais ni retards, ni étourderies, ni manque de zèle. La rédaction des invitations en faisait partie.

Les deux trottoirs du Grand Boulevard étaient bondés. C'était là que la plupart des invités avaient leurs places. C'était d'ailleurs inscrit tel quel sur leurs invitations : « De part et d'autre de la tribune ». Tandis que nous autres, invités de la tribune, il allait encore falloir nous frayer passage à travers cette houle écumeuse. Je m'étais attiré soupçons et foudres de la jalousie rien qu'en parvenant jusqu'ici, mais, lorsqu'on saurait qu'il était prévu que j'aille encore plus haut, de quel regain d'animosité ne ferais-je pas l'objet ! Au demeurant, le vrai cauchemar ne devait sans doute commencer qu'à partir de là. J'avais l'impression que, lorsqu'on s'en rendrait compte, on m'agripperait par les basques pour me retenir et donner l'alarme.

Instinctivement, je ralentis afin de me défaire de tout soupçon que j'eusse attiré sur moi en avançant d'un pas trop décidé. Je voulais donner l'apparence de qui ne s'agite que pour mieux repérer l'emplacement idéal où se poster, comme faisaient ceux qui venaient juste d'arriver.

Peu après, je m'aperçus que le trottoir ressemblait bel et bien à un lieu de promenade. Les meilleures places pour contempler le défilé étant prises depuis belle lurette, les autres invités vaquaient de droite et de gauche, rencontraient des connaissances, s'esclaffaient joyeusement. Parfois étincelaient de-ci de-là des médailles, plus rarement une étoile de héros du Travail socialiste. Pour le regard extérieur comme pour ceux qui, tout à l'heure, avaient suivi d'un air hébété notre progression vers la tribune, cet endroit-ci devait ressembler à un bout de paradis. Un contingent d'élus du Socialisme, sous le soleil doré de Mai, tout près des harmonies célestes...

Pourtant, songeai-je, bien qu'il n'y ait là rien de vrai, qu'il n'y ait nulle part la moindre parcelle de paradis, peut-être n'était-ce pas non plus l'extrême opposé, cette géhenne que je m'étais représentée... Sans doute les choses étaient-elles plus simples, était-ce mon esprit enfiévré qui noircissait tout.

Un tantinet soulagé, je consultai ma montre. On allait sur les neuf heures et demie. Peut-être était-ce le moment de se diriger vers les tribunes. Voilà d'ailleurs que, dans le grouillement humain, une colonne s'était formée à part, qui avançait en bon ordre dans cette direction sans qu'à ma vive surprise j'aperçusse sur les visages le moindre signe de culpabilité, de honte ou d'irrésolution. Au contraire, la plupart des gens, non sans une certaine fierté, brandissaient leurs cartons d'invitation, les éloignaient ou les rapprochaient de leurs yeux, feignant de vérifier dans quelle tribune était leur place (comme s'ils n'avaient pas eu l'occasion de le faire déjà des dizaines de fois à leur domicile), puis, la mine grave, ils continuaient d'avancer droit devant eux.

J'allai à mon tour rejoindre leur colonne sans plus me poser de questions. Après tout, eux venaient là depuis des années, alors que je découvrais tout cela pour la première fois. Et sans doute la dernière…

« *En avant, en avant / Toujours en avant !* » chantait une voix dans le haut-parleur le plus proche, comme pour me donner courage. Il me sembla qu'un sourire allait se dessiner sur mes lèvres, mais il ne parvint pas jusqu'à elles. Car sur ma droite, parmi un groupe d'hommes plutôt jeunes dont la plupart ne m'étaient pas inconnus (certains travaillaient à *La Voix du peuple*, d'autres au sein du Comité central), j'aperçus G.Z.

Je ne vois pas ce qui, dans cette foule, eût pu me ramener de manière aussi brutale à tout ce qu'il y a au monde de pire, de plus funeste et de plus fatal. Un gouffre noir, la chute, un spasme désespéré pour tenter de s'arracher coûte que coûte au chaos... Mais cela, ne serait-ce pas le très ancien conte narrant la chute du Chauve ?

Une nuit, tandis qu'il marchait dans l'obscurité, le Chauve chut dans un trou et sa dégringolade dura longtemps, jusqu'à ce qu'il eût atteint le monde d'en bas...

5

Je connaissais G.Z. depuis l'époque où il travaillait avec nous à la télévision et jamais je ne l'avais tenu en haute estime. Il avait le teint gris, mais d'une grisaille maladive, résultant plutôt de son manque d'hygiène qui, joint à la saleté de ses chemises, à sa prétendue prédilection pour la simplicité de mise, plutôt signe de pingrerie, ainsi qu'au fait qu'il aimait par-dessus tout mettre l'accent, au cours des réunions, sur sa condition d'orphelin (« Moi, camarades, j'étais sans père ni mère, dans le Parti j'ai trouvé une famille... »), ce qui était une inépuisable source d'émotion pour les délégués mais avait le don d'exaspérer l'un de nos camarades (« Non mais, quel bonimenteur, grognait-il, seule sa mère est morte, tandis que son père se porte comme un charme : dans ces conditions, pourquoi ne dit-il pas que le Parti lui tient lieu de maman ? »), toutes ces choses prises ensemble vous donnaient d'emblée envie de le traiter pour le moins de « fumier ».

Mais c'était sans doute là que puisaient précisément les racines de sa carrière. Car, pour faire carrière, comme aimait à le répéter un de mes camarades, en sus du zèle et de l'énergie encore faut-il posséder un don particulier qui fasse partie de la nature intime de l'individu au point de s'enchevêtrer à son code génétique. Ce don qui, chez certains, se matérialise par un cœur de pierre, une perversité innée, le comble de la servilité ou Dieu sait quoi encore, chez G.Z. avait pris la forme de son ostensible condition d'orphelin grisâtre qui, pour des raisons insaisissables, suscitait chez les dirigeants la conviction qu'il n'y avait rien qu'il ne fût capable de piétiner si on venait un jour à le lui demander.

Et, de fait, il avait déjà accompli un certain parcours. D'abord à la Radio-Télévision, puis au Théâtre national où, à ce qu'on racontait, il était fort apprécié. D'emblée, on le sentait possédé d'une insatiable soif des sommets... Mais, une nuit, un de ses cousins avait été arrêté...

Une nuit, le Chauve dégringola jusque dans le monde d'en bas...

Jamais encore je n'avais songé qu'une nullité comme G.Z. pût être prétexte à rapprocher le célèbre vieux conte populaire et un épisode somme toute banal de notre vie quotidienne. Mais, comme aimait à le répéter notre chef de bureau, n'arrivait-il pas que, plus souvent qu'à leur tour, de répugnantes bestioles fissent penser à de grandes et belles choses ?

Après sa chute, le Chauve fit tout ce qu'il put pour trouver la voie et les moyens de remonter jusque dans le monde d'en haut. Il s'épuisa à chercher de droite et de gauche, jusqu'à ce qu'un vieillard lui soufflât la solution. Il connaissait un aigle qui, à la seule force de ses ailes, pouvait s'élever jusqu'au monde d'en haut, mais à une condition : tout au long du voyage, le rapace aurait besoin d'ingurgiter de la viande crue. Au Chauve la condition ne parut pas rédhibitoire.

(Qu'avait-on donc exigé de G.Z. pour qu'il eût recouvré sa place dans le monde d'en haut ? La chair de qui ?)

G.Z. avait traversé jours et nuits dans un état d'extrême agitation. Il passait son temps entre deux portes de bureau à maudire son cousin, à le renier, à jurer qu'il l'étranglerait de ses propres mains, à réclamer que le Parti le mît à l'épreuve. Ceux qui le connaissaient de plus près rapportaient que sa fébrilité n'était pas feinte. À les entendre, elle sonnait plutôt comme un gage d'intégrité qui justifiait en partie son attitude. À moi, sitôt qu'on m'en eut fait part, elle parut constituer un parfait exemple de bassesse humaine.

Il s'agitait, s'épuisait à trouver çà et là une issue, s'enivrant de sa propre soumission, de son zèle à servir, peut-être lui-même le premier surpris par les inépuisables réserves de dévotion à l'égard du Parti dont un individu comme lui était capable. Il courut donc de couloir en couloir, de bureau en bureau, jusqu'à ce que quelqu'un lui révélât enfin le moyen de remonter la pente. Ce quelqu'un connaissait quelqu'un qui... mais à une condition... À G.Z. la condition ne parut pas insurmontable...

Jamais personne ne sut ce qui fut d'abord demandé à G.Z.

... Dans le monde d'en bas, le Chauve, après avoir fait provision de viande, grimpa sur le dos de l'aigle et c'est ainsi que commença leur trajectoire à destination du monde d'en haut. En chemin, l'aigle réclamait de temps à autre de la viande, et le Chauve lui en coupait un morceau.

Si son droit de publier des textes avait été suspendu, G.Z. demeurait encore membre du Théâtre national. Il avait par ailleurs fait savoir à ses proches que son affaire se réglerait vite. D'ici deux-trois semaines, au pire dans quatre ou cinq, le sort de son cousin serait irrévocablemement disjoint du sien. D'autant plus qu'ils n'étaient même pas cousins germains... Mais l'affaire ne fut réglée ni en deux-trois, ni en quatre-cinq semaines...

Le vol de l'aigle à destination du monde d'en haut dura bien plus longtemps que ce qu'avait d'abord imaginé le Chauve. Entre-temps, les derniers morceaux de viande avaient été avalés et il jetait des regards noirs vers le bas du lugubre précipice où ils ne cessaient de décrire des cercles. Le gouffre semblait sans fond.

Croa, croa, fit l'aigle, et c'était chez lui façon de crier famine. Le Chauve frissonna d'épouvante. Qu'allait-il lui donner ? S'il n'obtient pas sa ration de viande chaque fois qu'il en fait la demande, vous êtes bon pour l'abîme, avait prévenu le vieillard.

Croa, fit l'aigle pour la seconde fois. Sans plus réfléchir, le Chauve plongea la lame dans son propre bras et y découpa un morceau de chair.

Nul ne sut avec exactitude ce que fit G.Z. la semaine où on le mit à l'épreuve. On n'eut d'abord vent que d'une provocation à laquelle il se livra, au cours d'une réunion de Parti, contre un jeune dramaturge en vogue dont, par l'entremise d'un garde du corps de ses amis, il avait envoyé des vers, consacrés au Guide, aux enfants de ce dernier, accompagnés d'un mot pour se plaindre que, pour des raisons bien connues, on ne permît pas la publication de ces poèmes. Puis, l'essentiel : l'arrestation du jeune scénariste sur la base du commentaire (plus certainement de la dénonciation) que G.Z. avait fait de son texte.

Je me frictionnai les tempes afin de dissiper tant soit peu ma migraine. Non, l'histoire du Chauve qui nourrissait de sa propre chair l'aigle

infernal divergeait là sans retour de celle de
G.Z. Ce dernier aurait été bien incapable de
nourrir l'aigle d'une autre chair que celle
d'autrui. Le fait de s'amputer de ses propres
membres projetait sur le conte une lumière tra-
gique, une grandeur funèbre qui étaient totalement étrangères à G.Z. et à ses semblables.
Ceux-ci, il était inconcevable qu'ils se séparassent
d'un seul de leurs cheveux pour sauver
quelqu'un... Tandis que le Chauve...

Croa, croa, refit l'aigle un peu plus tard, et
celui-ci dut plonger sa lame dans la chair de sa
cuisse dont il découpa un autre morceau. Lugu-
brement, il continuait de sonder les sombres
profondeurs abyssales. Puis ses yeux se posèrent
tour à tour sur les parties de son corps dont il
lui faudrait se séparer lorsque l'aigle réclamerait
de nouveau. Seigneur, toutes étaient semblable-
ment douloureuses !

L'aigle volait sans répit à travers les ténèbres
glacées. De temps à autre, il croassait et le
Chauve tranchait tantôt en tel endroit, tantôt
en telle autre partie de son corps. La remontée
n'en finissait pas. Parfois, il lui semblait apercevoir une lueur au loin ; mais ce n'était qu'une
hallucination de ses yeux fatigués.

Croa, croa... Il avait dû commencer à tailler
dans sa poitrine, les autres parties de son corps
étant presque totalement décharnées. De nou-

veau une lueur lui parut poindre dans le lointain...

On ne sut jamais s'il était encore en vie lorsque l'aigle surgit dans le monde d'en haut. On racontait que les habitants alentour, du moins ceux qui d'aventure se trouvaient là, n'en crurent pas leurs yeux lorsqu'ils virent un énorme oiseau noir portant sur son dos un squelette humain. Hé, venez vite voir une chose incroyable ! s'interpellaient-ils. Un aigle qui remonte les ossements d'un mort...

6

J'avais perdu de vue G.Z. et ne voulais plus y penser. C'en étaient d'autres qui, pour diverses raisons, s'étaient arraché à eux-mêmes des morceaux de chair afin que le sort ne les laissât pas dégringoler sans retour au fond du précipice. D'autres... Peut-être en faisais-je moi-même partie. Nous avions emprunté un chemin sans bien savoir où il menait, sans savoir combien de temps il durerait, puis, en cours de route, s'apercevant que nous nous étions fourvoyés, mais qu'il était trop tard pour faire demi-tour, chacun, afin de ne pas être englouti par les ténèbres, avait commencé à découper des lambeaux de sa propre chair.

Je continuais de me masser les tempes. Autour de moi, le brouhaha de la foule et les flonflons de la fanfare ne faisaient plus qu'un. Alors que j'étais moi-même déjà si loin, dans le noir abîme sans fond, là où, planant au gré des courants aériens, nous tournions, chacun à califourchon sur son aigle...

— Tiens donc, toi ici ? Tu m'as l'air dans la lune… Bonne fête tout de même, mon neveu.

C'était mon oncle qui, tout à la joie de me rencontrer, ne pouvait néanmoins dissimuler sa surprise. Elle était si grande que son ébahissement semblait s'éterniser dans ses yeux écarquillés tandis qu'il me parlait, comme s'il n'arrivait pas à se persuader que je fusse réellement là.

— C'est mon neveu, il travaille à la Radio-Télévision, dit-il non sans une certaine fierté à un petit groupe de ses connaissances.

Je n'aimais pas mon oncle. Depuis des années, chacune de nos rencontres donnait lieu à des disputes, nos opinions divergeant sur tout : sur l'incompétence des cadres, les pénuries, Staline, les programmes de télévision, la question du Kosovo, etc. Je ne me souvenais pas que nous eussions jamais été du même avis. Sur la météo, qui fait pourtant en général office de modérateur dans les situations les plus conflictuelles, nous réussissions encore à avoir des prises de bec. Il appréciait les climats chauds, moi plutôt les froids, et il ne manquait pas, à ce propos, de déboucher sur des conclusions d'ordre idéologique : Évidemment, tu préfères le climat de l'Europe, puisque c'est ton modèle en tout. Et quel devrait être mon modèle, lui répliquais-je, le Bangladesh, l'Extrême-Orient ? Skanderbeg a lutté un quart de siècle afin d'arracher l'Albanie à l'Asie et de la ramener dans le giron de l'Europe, et toi et tes amis, qu'est-ce que vous faites ? Vous n'avez de cesse de l'en détacher de nouveau !

Là éclatait en général une nouvelle dispute sur les Chinois, et tout dégénérait. Il me traitait de libéral, de révisionniste, écumait de rage en constatant que ces épithètes ne m'impressionnaient nullement, en cherchait d'autres plus sévères, mais, étant incapable d'en trouver (car, à ses yeux, elles représentaient en elles-mêmes un summum dans l'ordre des accusations), les réitérait. Révisionniste, libéral indécrottable... ! De mon côté, je le qualifiais tout simplement de sinophile, lui remontrais que c'était une chance que les pays ne fussent pas montés sur roues, car, autrement, nous nous trouverions sans doute déjà quelque part dans le désert de Gobi ou du côté du Tibet. Par là-bas, nul doute que vous vous sentiriez en sécurité, ajoutais-je, loin de la maudite Europe !

Nous nous étions disputés à propos des Chinois au plus fort de notre idylle diplomatique avec ces derniers, mais davantage encore au moment de la rupture. Lorsque le bruit avait couru pour la première fois qu'il y avait de l'eau dans le gaz, il avait débarqué chez nous, les traits tirés, le front plissé. Sur certains points, je crois que tu n'avais pas tout à fait tort, mon garçon, me dit-il ; ces Chinois n'étaient pas tels qu'ils le prétendaient... Mais c'est justement en ce jour qui, de toute évidence, aurait dû sceller notre réconciliation, qu'eut lieu notre altercation la plus violente. C'est alors que pour la première fois je le traitai d'abruti et qu'il menaça de me dénoncer.

À dire vrai, c'est moi qui avais sauté sur l'occasion de rouvrir les hostilités dès qu'il se fut dit surpris que moi, champion de la sinophobie, je n'eusse pas manifesté plus de bonheur à l'annonce de la rupture des relations avec Pékin. Ma foi, mon garçon, me dit-il, tu es vraiment bizarre, un vrai rabat-joie ! Ça fait des lustres que tu rouspètes contre les Chinois, et maintenant que l'affaire est en passe d'être réglée, au lieu de t'en réjouir, tu fais la gueule ! ?

Je sortis de mes gonds. Et pourquoi me réjouirais-je ? faillis-je hurler. Ce serait plutôt le moment de pleurer ! Mais que peux-tu comprendre à cela, abruti que tu es !?

Et je continuai en lui assénant que nous rompions avec les Chinois non pas à cause de leurs saloperies, mais au contraire parce qu'ils étaient sur le point d'y renoncer. Tandis que nous, ça nous eût fait mal au ventre de nous en passer ! Nous étions devenus copains comme cochons justement pour en perpétrer ensemble de nouvelles, mais à présent qu'ils s'en détournaient, nous ne trouvions rien de mieux à faire que les planter là. Il y avait vraiment de quoi s'arracher les cheveux, mais nous avions au demeurant toujours agi de la sorte. Amis avec les Yougoslaves au temps de leur rigorisme le plus exacerbé, nous leur avions tourné le dos dès le premier signe de redoux. Nous avions été alliés des Soviétiques durant les pires années de la terreur stalinienne, pour nous en détourner dès qu'ils avaient prudemment fait montre d'un soupçon de civilisation. Et la même chose était en train de se produire avec les Chinois. Tous, les uns après les autres, avaient fini par se détourner du mal et de l'obscurantisme. Tandis que nous, nous en demeurions les ultimes défenseurs. Nous étions devenus les chantres de la calamité, la honte de l'univers. Existait-il un autre pays comme celui-ci ? Maudit pays, trois fois maudit !

Il écoutait, hagard, les yeux écarquillés par l'ahurissement, la haine, l'horreur. À deux ou trois reprises, il fut sur le point de m'interrompre, mais il avait vraisemblablement la bouche sèche. Ce n'est que lorsque j'en vins à proférer « Maudit pays ! » qu'il réussit à articuler : Je vais te dénoncer !

Balance-moi, lui rétorquai-je. Mais n'oublie pas que l'ombre t'atteindra à ton tour...

À ce moment, comme il lui arrivait d'ordinaire en ce genre de circonstances, il sortit sa boîte de médicaments afin d'y prélever un comprimé de trinitrine.

Telle avait été notre avant-dernière altercation. La dernière eut pour prétexte un slogan tiré d'un discours du Guide : « Nous mangerons de l'herbe s'il le faut, mais jamais nous ne renoncerons aux principes du marxisme-léninisme ! » Je déclarai à mon oncle qu'il était impossible de concevoir formule plus absurde et humiliante pour la dignité d'un peuple.

— Quels sont ces principes en vertu desquels nous devrions nous muer en bétail ? et à quoi diable pourraient-ils ensuite nous servir ? à glorifier le berger ?

Blême, la mâchoire tremblante, il ne savait que répondre.

— Eh bien, vas-y, exprime-toi ! poursuivis-je. À quoi nous serviraient ces principes tout juste bons à nous métamorphoser en bêtes, à l'instar de Circée ?

Cependant qu'à part moi je songeais : Va savoir, peut-être est-ce là son vœu secret, à l'Autre : le rabaissement de l'être humain au niveau des ruminants… La soumission, l'abrutissement… Tout cela au nom des principes du marxisme-léninisme… Seigneur, quelle mascarade !

— Saisis-tu quelle lugubre comédie se joue là ? continuai-je de m'écrier. Le reste du monde s'essaie à profiter de la vie alors que nous, nous devrions nous sacrifier au nom de quelques prétendus principes ? Mais qu'est-ce qu'a à voir le peuple albanais avec les principes du marxisme-léninisme, puisque, comme tu le reconnais toi-même, le monde entier y a bel et bien renoncé ? En vertu de quoi ce peuple de crève-la-faim, martyrisé, devrait demeurer le seul et unique défenseur de principes qu'il n'a même pas forgés ? Au nom de l'avenir de l'humanité ? Est-ce à dire que dans la mesure où Parisiens, Londoniens, Viennois, etc., aveuglés par l'opulence, la musique et les plaisirs, auraient emprunté de mauvais chemins, nous autres Albanais devrions nous sacrifier, bouffer de l'herbe pour le salut de leur âme ? Non mais, quelle farce macabre !

— Assez ! parvint-il enfin à articuler. Tu es corrompu jusqu'à la moelle et tu ne peux plus comprendre ces choses-là. Tu ne peux pas comprendre que même si l'Albanie devait être rayée de la surface du globe, cela n'aurait aucune espèce d'importance tant que les idées de son Guide verraient leur avenir assuré.

Je demeurai interdit par ce raisonnement que j'entendais pour la première fois. (Je sus plus tard qu'il avait été émis par le ministre de l'Intérieur au cours d'une secrète réunion de cadres.)

Mon silence lui parut confirmer ma défaite et il l'interpréta comme une reddition. Il me toisa quelques secondes d'un regard victorieux, jusqu'à ce que je repartisse à l'attaque, cette fois d'une manière tout à fait inattendue pour lui.

— En t'exprimant de la sorte, tu as formulé la pire des accusations à l'encontre du Guide, lui dis-je...

— Moi, je l'accuse ? ricana-t-il. Au reste, qui parle du Guide ?

— Toi, justement ! poursuivis-je. Le simple fait de poser l'alternative « ou l'Albanie ou son Guide » revient à émettre une lourde accusation à son endroit. Cela revient à dire, d'après toi, que ce serait ou l'une ou l'autre, qu'il n'y aurait pas place pour les deux en ce bas monde. En d'autres termes, *mors tua vita mea*.

— Je n'ai pas dit ça, ne déforme pas mes propos ! s'écria-t-il...

— C'est pourtant bien ce que tu as dit ! répliquai-je. Tu l'as dit explicitement : que l'Albanie disparaisse du globe afin que puissent vivre éternellement les idées de son Guide !

Mais, brusquement, tout devint confus dans ma tête. Peut-être était-ce bien le vœu secret du Guide : que fût irrévocablement gommé de la surface de la Terre ce pays enquiquinant, l'Albanie, avec son peuple de gueux toujours dans ses pattes et qu'il fallait nourrir, gouverner ! Tandis qu'une fois celui-ci effacé, volatilisé, comme tout serait propre, immaculé ! Un pays mort mais ressuscité de par les livres et les idées de son Guide. Et comme ce serait commode : ni réalité témoignant du contraire, ni traces ni preuves des crimes commis. Rien que ses livres, ses idées, ses *lumières**...

— Je n'ai pas dit ça ! ne cessait-il de hurler. Tu n'es qu'un manipulateur, le diable en personne !

Notre dispute touchait à sa fin et allait se conclure conformément à l'invariable routine : Je vais te dénoncer... Vas-y, et l'ombre t'atteindra à ton tour !... Puis les comprimés de trinitrine, etc. À cette différence près que, cette fois, j'ajoutai : C'est moi qui vais te dénoncer ! Et même, stimulé par un brûlant sarcasme (je remarquai qu'il eut le don de m'apaiser, surtout lorsqu'il eut produit tout son effet sur mon oncle), je complétai : Je vais te dénoncer, mais je le regrette, car l'ombre va s'étendre également sur moi.

Là, il perdit tout son sang-froid, si bien que notre dispute se solda par une scène particulièrement grotesque où se mêlaient nos dénonciations mutuelles, l'ombre dont nous aurions l'un et l'autre à pâtir, et jusqu'à l'intervention de la boîte de trinitrine sur laquelle, à sa surprise et à la mienne, je me jetai soudain pour y prélever un comprimé avant de m'enfuir en courant comme un dératé.

* En français dans le texte.

Probablement ces souvenirs devaient-ils aussi effleurer mon oncle sous une forme ou une autre, car la stupeur qui se lisait dans ses yeux ne cessait d'augmenter. Avec elle, une sorte de triomphe : Enfin, te voilà toi aussi sur la bonne voie, mon garçon ! Tu t'es ébroué tant et plus, mais te voici revenu au bercail !

– On t'a donc donné un carton d'invitation ? fit-il en m'administrant une petite tape sur l'épaule. Félicitations, félicitations ! Voilà qui me réjouit...

Nous fussions-nous trouvés seuls, sans doute m'eût-il dit : Et trêve de bêtises, maintenant, hein ?... Mais, s'il ne dit rien, toute son attitude, son regard, la tape sur l'épaule à la façon des films des studios « L'Albanie nouvelle » me communiquèrent le message avec peut-être plus de force encore.

Je lui tendis la main pour prendre congé, mais il enchaîna avec bonne humeur :

– Quoi, tu t'en vas ? Reste donc ici : la place est bonne, on voit tout.

– C'est que...

L'instinct de conservation m'interdisait de lui annoncer que ma place était à la tribune, mais, ne sachant plus quoi inventer, je dus l'en informer.

Aussitôt, son attitude changea du tout au tout, comme si dans ma main il n'eût pas aperçu le carton d'invitation, mais un faire-part de funérailles.

Il le prit, ou plus exactement me l'arracha des doigts d'un geste furieux d'oiseau de proie. Ses yeux de même, incrédules et avides, scrutèrent les lignes comme s'ils y eussent cherché une impardonnable erreur. Il le garda ainsi un moment entre ses mains (j'eus l'impression qu'elles tremblaient) et son front se couvrit d'une sueur glacée. Son visage, tout son être, jusqu'à ses médailles qui me parurent tinter de manière menaçante, avaient l'air de dire : Malentendu, malentendu ! Toi, admis dans la tribune, avec tes idées malsaines sur les cadres, sur Staline, sur le libre-échange... L'ombre de la malveillance et celle du soupçon se disputaient son regard. J'aurais juré que s'il avait été à même de passer un coup de fil aux instances compétentes pour leur communiquer les indications ou plutôt la dénonciation qui s'imposaient, il n'eût pas hésité à le faire. C'est mon neveu, il est vrai, mais le Parti avant tout, n'est-ce pas ?

– Une embrouille ? s'enquit l'un de ses amis à l'air bonhomme.

– Euh... non, non !

Mon oncle me restitua enfin le carton. Son visage me parut soudain on ne peut plus flasque et las. Puis, malgré son hébétude qui tardait à se dissiper, une lueur démoniaque perça dans son regard. Ses yeux s'étrécirent, s'étrécirent jusqu'à devenir d'une excessive acuité. Il les darda sur moi avec une concentration qui me parut insoutenable. La conscience de sa supériorité remodela inopinément les traits de son visage qui, l'instant d'avant, semblait si abattu. La question que je redoutais le plus s'y lut, impitoyable : Qu'as-tu fait pour mériter cette invitation ? Et, dans la foulée, le sarcasme : Tu as joué tant et plus les matamores, mais, pour finir, tu t'es bien rendu compte qu'il n'était pas possible de faire autrement...

C'était mon tour d'être baigné de sueurs froides.

Nous que tu te plais à débiner de jour comme de nuit, nous les avons au moins honnêtement méritées, ces invitations, comme le reste. Nos paroles ne trahissent pas nos pensées, et cette fête est la nôtre. Mais toi qui penses différemment, que viens-tu y chercher ?

À moins que ce ne soit l'aigreur de ne pouvoir accéder aux plus hautes marches qui te rendait si critique ? Puis, dès que la première occasion s'est présentée, tu as renié ce que tu étais et tu t'es vendu corps et âme pour t'y hisser. T'as dû faire fort, mon garçon, car non seulement tu nous as rattrapés, mais tu nous as tous dépassés ! Oui, tu as dû frapper un grand coup ! Mais bon, c'est ainsi que se passe ce genre de choses. Maintenant, c'est à nous de prendre garde à toi, mon garçon !

J'avais la certitude que c'était à peu de chose près ce qu'il remâchait, cependant que j'éprouvais, moi, une furieuse envie de lui clamer : Non, je n'ai rien fait de ce que tu rabâches dans ta sale petite caboche, espèce de croulant ! Au contraire, il y a une heure, j'aurais bien échangé cette invitation à la tribune contre un rendez-vous d'amour. Et si tu savais avec qui... Mais que pourrait y piger un débile mental dans ton genre ?...

Je serrais dans ma main le carton d'invitation qu'il venait de me rendre, cependant qu'il me lâchait :

— Vas-y, maintenant, tu vas être en retard...

Ses yeux étaient de glace, à l'instar de ses mots. D'autres comme « Disparais, fléau ! » n'eussent pas exprimé plus de haine.

Va-t'en au diable, vieux radoteur, avec ta quincaille de breloques ! grommelai-je à part moi. Et, sans même lui serrer la main, je m'éloignai.

Je me retrouvai peu après à suivre la mince file des invités qui serpentait en direction des tribunes. De toutes parts nous accompagnaient des regards obliques, furtifs, dans lesquels envie, admiration et aigreur s'amalgamaient pour donner une sorte de sourire qu'on aurait aussi bien pu appeler antisourire.

J'aurais mieux fait de déchirer ce carton et de ne jamais m'afficher ici. Ah, Suzy, à quoi ne m'as-tu pas réduit...

7

Le chagrin de la perdre me lacérait cruellement. Chaque fois que j'avais peur qu'elle me
laisse tomber, c'est ainsi que je prononçais mentalement son nom : Suzy. Il était plus propre à
vous écorcher, tout comme il résumait mieux son
orgueil de fille de dirigeant. Suzy, à quoi ne
m'as-tu pas réduit, me répétai-je. Tu as bien
choisi ton jour pour m'infliger cette séparation !

Je savais combien durable serait la douleur
de la perdre, mais, ce jour-là, elle était proprement insoutenable.

Tandis que j'avançais, mon air assurément
maussade tranchant sur l'atmosphère de liesse
qui régnait alentour, juste quelques pas devant
moi j'aperçus un profil connu. C'était le peintre
Th. D. qui se dirigeait apparemment lui aussi
vers la tribune. Il tenait par la main sa fille
cadette. (Tiens, mais où étaient donc passés les
rubans bleu et rouge ?)

Mû probablement par l'idée qu'à son ombre
je me ferais moins remarquer, je jouai des coudes

afin de me trouver aussi près de lui que possible. Sans doute pourrais-je ensuite profiter aussi un peu de la légitimité de sa présence. Lui au moins, les raisons pour lesquelles il avait sa place ici étaient connues de tous.

Tout en avançant, j'examinai la tête qu'il faisait. Hormis le mien, c'était le seul visage fermé au milieu de cette foule en fête. Toujours je l'avais vu ainsi lors des retransmissions de diverses cérémonies à la télévision. Vraisemblablement, le droit d'y arborer un air renfrogné était pour lui un droit acquis de longue date. Sans conteste plus précieux que tous les honoraires qu'il devait toucher.

Je ne connaissais personne d'autre dans tout le pays qui fût considéré simultanément comme privilégié et persécuté. Il arrivait que ces deux épithètes lui fussent accolées dans une même conversation d'après dîner, et parfois par le même intervenant. Tous s'accordaient néanmoins pour estimer que ses relations avec le pouvoir d'État relevaient du mystère. On parlait de critiques, voire de lourdes accusations formulées à son encontre, de celles qui vous brisent un homme pour la vie, mais, à l'exception d'un seul plénum, tout avait toujours eu lieu à huis clos. Puis, alors qu'on s'attendait à sa disgrâce (Il va y passer, ou : Ils ne peuvent rien contre lui, étaient pareillement les thèmes favoris des conversations de fin de soirée), son

visage réapparaissait soudain dans quelque
tribune, empreint de la même inaltérable morosité.

Quel avait été le prix de cette immunité ?
Car, comme nous tous, lui aussi devait avoir son
aigle, sans doute plus terrifiant que tous les
autres, pour le porter à travers les ténèbres.

Beaucoup d'autres choses se disaient à son
sujet dans les cafés et les après-dîners. On parlait de la jalousie qu'il suscitait dans les hautes,
voire les très hautes sphères, surtout à cause de
ses expositions à l'étranger. Parmi les autres
remarques qu'il suscitait, celle qui divisait le
plus les gens concernait le rôle qu'il était ou
non susceptible de jouer dans la vie du pays.
D'aucuns avançaient qu'il en jouait déjà un par
le truchement de son œuvre, d'autres que non.
Plus, on attend beaucoup plus de lui, insistaient
ces derniers. Et ce d'autant plus qu'il était
assuré qu'on n'oserait rien entreprendre contre
lui. Il le savait pertinemment ; pourquoi dès
lors n'en profitait-il pas ?

C'est toi qui prétends qu'ils ne peuvent rien
contre lui, répliquait un autre. Ouvertement ils
ne peuvent rien, je suis de ton avis. Mais, en
catimini ou par-derrière, qui peut affirmer que
cela ne pourrait pas se produire ? Un accident
de voiture, un repas aux mets avariés, puis, le
lendemain, des funérailles grandioses, et *finita
la comœdia* ! J'irais même jusqu'à dire que l'aga-

cement qui perce de temps à autre contre lui le laisse justement entendre : Ne nous sait-il pas gré de le laisser en vie ? Que veut-il de plus ?

Ah, tiens, je n'y avais pas songé, répondait l'autre interlocuteur d'un air ahuri.

Voilà ce qu'on colportait sur son compte, mais, cependant que j'avançais sur ses talons, ce qui m'intéressait surtout, c'était que nul n'aurait pu dire qu'il avait acquis le droit d'être là par quelque bassesse ordinaire. Et je continuais à me persuader aveuglément que je profitais moi-même un peu de cette immunité sur le chemin conduisant à la tribune, qui me faisait à présent l'effet d'un calvaire.

Il croisa quelques hauts dirigeants (du moins en avaient-ils l'air, à en juger par leur tenue) qui caressèrent à tour de rôle les joues de la fillette.

— Lui, c'est le haut responsable à la presse, et lui, le ministre des Affaires étrangères, dit-il en souriant à sa fille comme s'il lui eût montré des jouets.

Du moins fut-ce l'impression que j'en tirai, chacune de ses phrases me paraissant forcément empreinte de cette désinvolture due à l'altitude depuis laquelle un homme désormais conscient d'être promis à l'immortalité observait et commentait la temporalité des choses d'ici-bas.

— Qui est le plus important, le ministre de l'Extérieur ou celui de l'Intérieur ? entendis-je la fillette questionner tandis qu'ils s'éloignaient.

Je les serrai d'un peu plus près afin d'entendre la réponse.

– Eh bien... comment dire ? Les choses de l'intérieur sont immanquablement les plus importantes.

– Mais les extérieures sont plus belles ! protesta la petite fille.

Il rit.

– C'est aux robes que tu songes ? Tu as raison.

Nous nous trouvions presque au pied de la tribune. Un cordon de contrôle encore plus strict que tous les précédents nous attendait.

Je sortis mon carton d'invitation et m'avançai. Je ne sais pourquoi j'avais l'impression d'entendre un vrombissement dans le creux de mon oreille.

– Papiers.

– Ah oui. Pardon.

Quelques mètres plus loin commençait un autre espace reflétant un tout autre climat. On y repérait des délégations étrangères, des diplomates à la recherche de leurs places, des caméras de télévision.

Je traversai d'un pas léger les quelques mètres qui m'en séparaient. Une sorte de distraction me paraissait marquer chacune de mes attitudes, en particulier l'expression de mon visage, ou plus exactement le sourire qu'il devait arborer. On m'indiqua le chemin menant à la tribune C-1, que j'oubliai aussitôt, jusqu'à ce que quelqu'un d'autre me le montrât de nouveau. Mes épaules ne cessaient être frôlées de droite et de gauche par celles d'autres invités.

Par quel moyen avaient-ils accédé jusque-là ? L'espace d'un instant, j'eus l'impression que cette question était dans tous les regards, puis, l'instant d'après, qu'elle était uniquement dans ma tête. Une atmosphère de liesse générale tentait, telle une grande sauce, de napper tout cela afin d'en homogénéiser le goût. Désormais, nous sommes entre nous. Ce que nous avons fait pour nous retrouver ici n'a plus d'importance. Après tout, nous avons tous emprunté le même chemin. Celui qui mène ici. À proximité du Pouvoir, de la Lumière céleste, de l'Olympe !

Deux yeux pleurnichards semblèrent me toiser avec aigreur. Peut-être ma présence constituait-elle un obstacle à la félicité qu'ils s'apprêtaient à savourer. Que venait faire ce simple mortel en ce lieu réservé aux élus ? Il a rapporté ou dénoncé, bon, d'accord, mais il est tout de même trop tôt pour le convier ici ! S'il devait en aller ainsi, ce serait la moitié de l'Albanie qui...

Mais le malaise provoqué par les yeux pleurnichards se dissipa bientôt. Face à la tribune, la fanfare continuait à tonitruer ses marches entraînantes. Les petits drapeaux frémissaient un peu plus vivement dans le vent, comme s'ils eussent senti que dix heures approchaient. J'entrevis encore un instant Th. D., mais le perdis de vue aussitôt. Peut-être allait-il encore plus loin. Dans la tribune B, voire dans la A...

8

Dans ma cervelle, l'étrange impression de distraction perdurait. Sans doute était-ce l'euphorie engendrée par la proximité du pouvoir. Ce n'était pas pour rien qu'on avait mis à contribution ces emblèmes et ces fanfares.

L'ivresse eût assurément été complète si elle n'avait gardé un arrière-goût de funérailles. Les funérailles de Suzana. C'était en accédant à cette tribune que j'avais perdu Suzana. Les fleurs, la musique, l'auguste drap écarlate pouvaient tout aussi bien convenir à sa disparition. À son sacrifice...

Les cris et supplications à son père
Comme son âge innocent laissèrent
De marbre les chefs ivres de batailles...

Je ne parvenais pas à oublier les lectures que j'avais faites ces derniers jours à propos du sacrifice de la fille d'Agamemnon. Le brouhaha de fête qui m'entourait, la fanfare, les rouges calicots constellés de slogans, au lieu de m'en éloigner m'y replongeaient un peu plus. Deux mille huit cents ans auparavant, tout comme aujourd'hui, de grandes foules pareilles à celles qui faisaient mouvement vers les tribunes convergeaient vers l'autel peut-être revêtu lui aussi de rouge.

Où vous précipitez-vous ainsi ? Que se passe-t-il ? Tu n'es donc pas encore au courant ? On dit que la fille d'Agamemnon va être sacrifiée…

Le bruit en courait depuis quelques jours dans l'Aulide infestée de soldats. Il est vrai que le vent soufflait sans répit, que la mer écumait autour des vaisseaux ancrés tout près du rivage, cependant que la plupart demeuraient perplexes en entendant rapporter les raisons invoquées pour expliquer le retard du départ pour Troie. Est-ce dû vraiment au vent ou bien à autre chose ? Du vent, on en a déjà eu notre compte lorsque nous avons vogué jusqu'ici, et même davantage. S'il y a des tiraillements entre les chefs, comme on le raconte çà et là, pourquoi n'en font-ils pas ouvertement état ?

– Quelle heure est-il, s'il vous plaît ?

J'étais à ce point distrait que si l'homme qui me demandait l'heure m'avait effleuré le coude, comme cela se fait quelquefois, sans doute aurais-je eu un haut-le-corps. Et éveillé du coup Dieu sait quels soupçons !

J'eus l'impression que quelqu'un me souriait et me dis : Voilà que je perds la tête, je ne reconnais plus les gens – jusqu'à ce que je me rendisse compte que la personne en question était en train de sourire à quelqu'un d'autre. Elle arborait un visage flétri, de ceux qui ressemblent à une figue sèche. Je ne savais ce qui avait attiré mon attention dans cette figure dont les rides pouvaient aussi bien être interprétées comme la marque d'un sourire incrédule, une expression ironique, voire quelque autre signe ignoré du commun des mortels. Mais c'est le conseiller du père de Suzana ! me dis-je. Lorsque, un an auparavant, il avait participé à une réunion, à la Télévision, la voix d'un collègue m'avait chuchoté : C'est le principal conseiller du camarade X.

Je le scrutai en concentrant sur lui toute l'hostilité dont j'étais capable. Avait-il été ou non au courant du revirement à venir de Suzana ? Sans aucun doute, puisqu'il était le plus proche conseiller de son père. Voire davantage... Peut-être même était-il l'instigateur de son sacrifice ? Calchas...

Mon imagination s'envola de nouveau vers l'antique port de l'Aulide. Le ressac grondait, les incessants va-et-vient des soldats disséminés le long du littoral ajoutaient au climat de démobilisation. La plupart rêvaient de renoncer à la guerre et de s'en revenir auprès de leur femme ou de leur fiancée. Le bruit qui s'était répandu semblait d'ailleurs le confirmer : la campagne serait annulée, quand, soudain, telle la foudre dans un ciel bleu, tomba l'autre nouvelle : afin d'apaiser les vents, Agamemnon, le commandant en chef, sacrifierait sa propre fille !

La plupart n'en crurent pas leurs oreilles. Ne le crurent pas les sympathisants du chef de la flotte, car ils en éprouvaient trop de peine. Un tel sacrifice était-il indispensable ? Ne le crurent pas non plus les malveillants, car ils ne voulaient pas admettre qu'il fût capable d'une telle abnégation. Enfin ne voulurent pas le croire ceux qui espéraient l'annulation pure et simple de la campagne.

Non, une pareille chose n'était pas possible. C'était une vraie folie, qu'aucune nécessité ne réclamait. Pour ce qui était du vent, les vieux marins disaient qu'il ne semblait pas de ceux qui pouvaient justifier un tel deuil. Puis, qui pouvait être assuré qu'ensuite il se calmerait ? Après tout, c'était le devin Calchas qui avait émis cette recommandation, mais il était notoire qu'on ne pouvait se fier à lui.

Je cherchai des yeux le conseiller du père de Suzana, mais ne le vis plus. Si je l'avais retrouvé, dans mon humeur fantasque, j'aurais bien été capable d'aller lui demander : C'est bien toi qui as dispensé au père de Suzana ce conseil tordu ? Mais pourquoi, hein, pourquoi ?

Le livre de Graves traitait amplement de l'attitude de Calchas. D'après les sources les plus anciennes, sa figure demeurait on ne peut plus énigmatique. Il était avéré que c'était un Troyen envoyé à dessein par Priam dans le but de torpiller la campagne. Cependant, il avait fini par se joindre pour de bon aux Grecs, devenant par là un renégat. La question ne pouvait donc être esquivée : s'agissait-il bien d'un traître ou son ralliement n'était-il qu'un stratagème ? À moins encore, comme il arrive souvent en ce genre de circonstances, qu'après maints dilemmes, au fil d'une guerre dont on ne voyait pas la fin, il n'ait terminé en agent double ?

Sa suggestion de sacrifier la fille d'Agamemnon ne pouvait pas constituer un élément clé de sa carrière. (Il ne faut pas négliger le fait que ses présages, à l'instar de ceux de tout renégat, étaient accueillis avec suspicion.) S'il était alors encore fidèle à Priam, il était évident qu'il réclamait le sacrifice de la fille du commandant en chef en sorte de multiplier les motifs de discorde et les griefs entre les Grecs, déjà fort divisés. S'il avait sincèrement rallié les Grecs, la question se posait de savoir s'il estimait vraiment que ce sacrifice apaiserait les vents (ou toute autre chose : les passions, les mésententes), rendant d'autant plus facile le départ de la flotte.

Quoi qu'il fût, vrai ou faux renégat, intoxicateur ou agent double, son conseil était par trop audacieux, pour ne pas dire dément. Un devin, qui plus est par des temps semblables, comptait sans doute de très nombreux ennemis prêts à mettre à profit contre lui le moindre de ses faux pas. En agissant de la sorte, il était perdant de toutes les façons.

Il est donc bien plus probable que Calchas n'ait jamais émis aucune recommandation et qu'Agamemnon lui-même ait été à l'origine de cette idée de sacrifice, pour des raisons connues de lui seul. Il ne fut pas compliqué, après coup, de mêler à tout cela le nom de Calchas. (Vu la nécessité de justifier le crime auprès des esprits les plus ouverts, et celle de dissimuler son vrai motif.) Alors qu'au moment du départ de la flotte, il se pouvait fort bien qu'on n'eût à aucun moment invoqué la violence des vents, etc., et que le sacrifice ait été perpétré sans l'ombre d'une explication...

Militaires et civils aulidiens avaient tous convergé vers l'endroit où l'on avait dressé l'autel. Afin d'éviter la cohue, peut-être même avait-on distribué des invitations. Tous devaient avoir la même question sur les lèvres : qu'est-ce que ce sacrifice ? pour quelle raison ? Il était manifeste que l'absence d'explications ajoutait à l'anxiété.

Non, Calchas n'avait pas proféré le moindre conseil. Bien trop douteuse, machiavélique, eût semblé toute prophétie émanant de lui. Mais, dans ce cas, pourquoi l'idée du sacrifice avait-elle jailli comme l'éclair dans l'esprit d'Agamemnon ?

La tribune était agitée d'une houle sereine et régulière, les invités cherchant à occuper le meilleur emplacement pour contempler le défilé ou la tribune centrale où apparaîtraient les hauts dirigeants.

J'étais moi-même en train d'effectuer le même imperceptible va-et-vient lorsque j'aperçus Suzana. Elle se tenait dans la C-2, légèrement en contrebas, parmi un petit groupe de fils et filles de dignitaires.

D'une discrète pâleur, elle témoignait d'une indifférence qui s'exprimait tantôt dans son profil, tantôt dans le scintillement du peigne qui maintenait ses lourds cheveux, son regard perdu par-devant elle dans la direction de la fanfare.

Pourquoi exigent-ils ton sacrifice, Suzana ? la questionnai-je mentalement avec une calme tristesse. Quels vents es-tu censée apaiser ?

L'espace d'un moment, je me sentis complètement vide. Et, en proie à ce vide épuisant, harassé par tant de questions, je me demandai : N'en fais-je pas trop avec ces analogies ? Ne s'agit-il pas là de quelque chose de bien plus simple, une de ces attitudes réservées que tant de filles adoptent à l'approche de fiançailles officielles ? Victime de ce changement somme toute anodin, mon esprit en déroute n'essaiet-il pas de lui conférer des proportions tragiques qui ne doivent qu'à lui seul ?

À partir du mot « sacrifice », j'avais brodé toute une analogie en la poussant à l'extrême, à l'instar de certains jeunes poètes qui, après avoir péniblement accouché d'une métaphore, s'en éprennent au point de bâtir à partir d'elle, par strates successives, toute une œuvre dont les fondements n'en reposent pas moins sur du sable.

Jamais je n'aurais imaginé que la soudaine parenté entre Suzana et Iphigénie – une de ces fulgurances aléatoires, aveuglantes et fugaces qui effleurent l'esprit humain plusieurs milliers de fois par jour – grandirait dans le mien jusqu'à y revêtir de telles proportions. L'identification était pour moi si complète que si j'avais entendu prononcer à la radio, à la télévision ou au théâtre une proposition telle que « Suzana, fille d'Agamemnon, etc. », cela m'eût paru de prime abord tout ce qu'il y a de naturel. C'était cette identification qui m'amenait soudain à voir tout un pan du drame antique à travers le prisme de la situation de Suzana et de son père : les rapports Agamemnon / autres chefs, les luttes de pouvoir, les renforcements de positions, la raison d'État, l'application de châtiments exemplaires, la terreur...

Pendant un moment, comme s'il avait souhaité se débarrasser d'une charge trop lourde, mon cerveau se mit à œuvrer dans une seule direction, celle de la dédramatisation de toutes choses. Mais, soudain, la belle mécanique s'enraya, gémit péniblement et se remit à tourner en sens inverse. Un NON aussi énorme qu'impavide prit possession de tout mon être.

Non, ce ne pouvait être aussi simple ! Sans doute n'en pouvais-je plus, baignais-je en plein marasme, mais je n'en sentais pas moins avec certitude que tout cela n'était pas si simple. Ce n'était pas tant le mot « sacrifice » ni le livre de Graves qui avaient induit dans mon cerveau cette analogie. C'était quelque chose d'autre qu'un brouillard m'empêchait de discerner mais dont je sentais la présence toute proche. Ce devait être là, sous les yeux de tous, il suffisait d'émerger un instant de l'hébétude générale pour le percevoir... Staline lui-même n'avait-il pas sacrifié son fils Iakov pour... pour... être en situation... d'affirmer que son fils... devait partager... partager le sort... le sort... le sort de tout soldat russe ? Et Agamemnon, qu'avait-il cherché à exprimer, il y avait de cela deux mille huit cents ans ? Et que cherchait aujourd'hui le père de Suzana ?

Le profil de celle-ci, oscillant entre deux épaules, interrompit le cours de mes pensées. Je ne sais trop pourquoi je repensai à notre toute première rencontre. Portrait de fille au filet de sang... Ainsi s'était-il cristallisé dans mon souvenir… C'était un après-midi de fin d'automne. Après le premier baiser sur le sofa, elle m'avait regardé un long moment dans les yeux, puis m'avait dit placidement : je vous aime. Puis elle avait continué de me fixer du même air interrogateur, comme pour vérifier si j'avais bien compris. Elle n'attendait plus qu'un signe de moi pour apporter la preuve de ce qu'elle venait d'affirmer, et lorsque, quelque peu déconcerté par le pressentiment d'une victoire trop facile, je lui dis d'une voix mal assurée : Et si on s'étendait ?, elle se leva sur-le-champ et, avec la même placide docilité dont avaient témoigné ses propos, elle avait commencé à se déshabiller.

J'avais suivi ses gestes retenus, vu les dentelles de ses dessous apparaître lorsqu'elle eut quitté sa robe, ses collants roulés découvrir des jambes lisses et blanches, puis je m'étais levé à mon tour du canapé et l'avait embrassée avec précaution, comme si elle avait été une somnambule, tout en pressant une poignée de ses cheveux contre ma joue droite. J'aime les femmes de luxe…, lui avais-je murmuré sans trop savoir, ni alors ni plus tard, si le mot « luxe » se rapportait à ses dessous à l'occidentale, au peigne précieux qui ornait sa chevelure, ou à la simplicité de son abandon.

Sur le canapé, sans opposer la moindre résistance, elle avait ôté ses derniers dessous et tout se serait réellement passé comme dans l'aquarelle d'un demi-sommeil si un brusque ébranlement terrestre ne s'était brutalement immiscé entre nous. Un embarras, une tension à l'opposé de l'alacrité qui les avait précédés, et qu'elle tentait en vain de dissimuler, finirent par devenir palpables.

Qu'est-ce qu'il y a, Suzana ? demandai-je, hors d'haleine.

Elle ne répondit pas. Mais je devinai qu'une sorte de cran d'arrêt, enclenché à partir du centre de son corps, le fermait de partout, et je crus alors comprendre. Néanmoins, ma surprise fut grande lorsque, d'une voix blanche, elle me dit : J'étais vierge.

Nous restâmes un long moment sur le canapé sans émettre le moindre mot, jusqu'à ce qu'à travers un sourire qui tenait plutôt d'une illumination au-dessus de ses pommettes elle ajoutât : C'était désagréable, n'est-ce pas ?

Je ne sus quoi répondre, mais elle poursuivit : c'est pourquoi j'ai préféré ne pas en parler avant.

Je me sentais incapable de réagir, peut-être parce que le bonheur se manifestait alors dans sa forme la plus sûre, auréolé d'un voile de tristesse. La victoire qui, quelques instants auparavant, m'avait paru si aisée, me semblait désormais avoir été de haute lutte. Je t'en supplie, Suzana, ne va pas causer ma perte ! la suppliai-je à part moi.

9

L'arrêt soudain de la fanfare et une saturation des haut-parleurs causée par une tempête d'acclamations firent tourner toutes les têtes en direction de la tribune centrale. Les dirigeants faisaient leur entrée. De ma place, je ne pouvais distinguer que certains d'entre eux. Je ne parvenais pas à voir le Guide, ni le père de Suzana qui se tenait peut-être à ses côtés. Depuis la C-1, seules quatre têtes étaient visibles. Étaient-elles vraiment surdimensionnées ou me parurent-elles ainsi à cause de l'expression « têtes pansues » dont on racontait qu'un de nos camarades du service musical les avait affublées ? On l'avait condamné aux travaux forcés dans les mines pour avoir demandé pourquoi, après quarante ans de socialisme, il était obligatoire que la plupart des membres du Bureau politique fussent toujours choisis parmi les couches les plus incultes de la population. C'est ce qu'il était réputé avoir déclaré au cours d'un dîner. Mais d'aucuns prétendaient qu'il était allé encore plus loin, affirmant qu'il y avait de cela un siècle même le gouvernement albanais de la Ligue de Prizren était plus cultivé que celui d'aujourd'hui ! Voilà ce qu'il aurait affirmé, mais, au cours de la réunion qui avait décidé de son renvoi, rien de tout cela n'avait été évoqué. De même que dans notre cas à nous, ç'avait sans doute été jugé par trop dangereux pour être rapporté, fût-ce à titre de propos stigmatisés. Et, tout comme dans notre cas, on avait invoqué quelques manquements au travail, des idées laxistes sur la musique occidentale, des sarcasmes visant le travail productif...

La plus grande victoire du Parti, notre homme nouveau... cette victoire illustre... le pays le plus heureux du globe... sans dettes, sans taxes... le seul pays socialiste...

Mille fois ressassé, mortellement ennuyeux, sans remède et sans espoir, le discours d'ouverture glissait par bribes, comme à l'accoutumée, à côté de mes oreilles. Tel un théâtre d'ombres, derrière certains mots d'ordre se dressaient des figures connues qu'ils avaient contribué à faire tomber. Il suffisait d'ailleurs de regarder autour de soi pour se heurter à des slogans, des symboles ou des portraits qui étaient devenus la cause directe de la condamnation de certains, la Constitution interdisant par exemple tout emprunt à l'étranger, toute allusion à l'abondance (c'est-à-dire à notre pénurie) de viande, à Sartre le décadent ou à la forme des yeux de Mao Tsé-toung.

Notre camarade du service musical avait néanmoins été plus chanceux qu'un garçon de la régie qui, lui, s'en était pris aux privilèges des dirigeants et de leur progéniture, à leurs villas et à leurs voyages à l'étranger. À lui non plus on ne rappela pas les propos qu'il avait tenus, mais tout autre chose, certaines idées sur l'amour libre (juste de quoi le renvoyer de son travail), en attendant qu'une conversation avec un touriste étranger le ruinât définitivement. Puis, comme si cela n'était pas suffisant, on raconta que, durant l'instruction, non seulement il n'avait pas renié ses propos visant « la Cour », mais il s'était débondé tant qu'il avait pu, parlant de transferts d'or et de diamants dans des banques étrangères comme à l'époque du roi Zog, d'assassinats en traître et autres faits aussi funestes. Il n'avait ménagé personne, y compris le Guide lui-même, mais il s'était tout spécialement acharné sur sa femme qu'il avait qualifiée de principale inspiratrice de ses crimes, une vraie Lady Macbeth, mais une Lady Macbeth de chef-lieu de canton, la Chiang-Ching de l'Albanie, etc. On l'avait condamné à quinze ans de prison, **mais il** n'en avait pas même fait le quart. Dans les mines de chrome, il y avait, disait-on, des puits profonds dans lesquels les droit-commun poussaient malencontreusement les détenus politiques. Et c'était ainsi, par une chute dans laquelle se condensait cruellement, en quelques secondes, la lente dégringolade, saison après saison, année après année, de l'individu concerné, que tout prenait fin.

Les privilèges des dirigeants et surtout de leurs rejetons étaient l'un des sempiternels sujets de discorde avec mon oncle. À cette différence près que ce sujet ne le mettait jamais dans des états de fureur, comme le reste. Bien qu'il se refusât à l'admettre, sans doute quelque chose lui déplaisait-il à lui aussi. Mes polémiques avec lui sur ce thème cessèrent du jour où je connus Suzana. Elle m'étonnait : les bruits courant sur les enfants des dirigeants n'étaient-ils donc que des ragots, ou bien Suzana était-elle différente des autres ? J'eus tôt fait de comprendre que la seconde hypothèse était la bonne. Suzana en différait effectivement en tout.

C'est pourquoi on t'a désignée pour le sacrifice, pensai-je.

Mais, à l'instant même, telle une lame me frappa à l'improviste cette autre idée : et si ce sacrifice n'était que simulé ? Si Suzana feignait aux yeux du monde d'être une fille simple et modeste, tandis que là-bas, à l'abri de leur quartier interdit, de leurs villas et de leurs plages privées, elle menait une vie de patachon avec soirées dansantes, boissons fortes et sexe à gogo ?

Un vif sentiment de jalousie me taillada comme un rasoir. Que n'avais-je pas lu sur l'éventualité du faux sacrifice de la fille d'Agamemnon ? sur le fait qu'on lui avait substitué au tout dernier moment une biche sur l'autel, etc. Spectacle classique destiné à épater les foules. Typique solution de haut dirigeant. Ma Suzana dans des villas de bord de mer en hiver, dansant comme une folle, se déshabillant et s'abandonnant sur un canapé, gémissante, lascive... Non, non, plutôt morte, achevée !

Un après-midi, j'avais enregistré ses soupirs et ses râles sur un magnétophone et, tard dans la nuit, lorsque tout le monde dormait, je m'enfermais dans la cuisine de l'appartement pour les écouter. Cela faisait une impression étrange d'entendre ainsi sa voix dissociée à la fois de l'acte et de sa représentation. Cette voix était unie mais poreuse, pleine de souffles et de blancs. Les bruits de la rue, quelque sifflement, un lointain klaxon y ajoutaient, par leur intervention, une dimension cosmique, comme de fortuites étoiles filantes aux confins d'une insondable nuit d'été.

J'avais beau rembobiner et faire défiler la cassette à plusieurs reprises, ce sentiment de vide cosmique, au lieu de s'estomper, ne faisait que s'accentuer davantage. J'avais l'impression d'être très loin, séparé d'elle. À certains moments, il me semblait qu'elle était sous terre, et moi sur sa tombe à écouter sa plainte ; parfois aussi c'était moi l'enterré qui, à travers la glaise, en même temps que le tohu-bohu du monde, percevais ses gémissements.

Une fois, je poussai le volume au maximum, comme si j'eusse voulu remplir l'univers de ce halètement, et je me pris alors à songer qu'en dehors de son noir pubis je n'avais encore jamais contemplé son sexe, véritable source de cet ouragan.

Lors de notre rendez-vous suivant, sérieuse comme en tout ce qui avait trait à l'amour, elle se mit dans une position telle qu'en dessous de sa toison les lèvres rose pâle de son sexe m'apparussent. Durant plusieurs secondes, je l'examinai, et sans doute y avait-il dans mes yeux la surprise de celui qui, après avoir entendu un puissant grognement, aperçoit soudain, derrière le bosquet qui était censé dissimuler le fauve redouté, un petit animal inoffensif.

Ainsi m'apparut son sexe, tout simple eu égard à sa fonction si sophistiquée. Malgré moi, je le comparai avec le sexe de mon ex-fiancée. Imposant, baroque, aurais-je pu dire, un alambic du plaisir. Mais peut-être n'avait-il pas toujours été ainsi, peut-être l'était-il devenu à l'usage... Si nombreux les jets de foutre à être passés par lui... Pas seulement le mien. Avant moi, elle avait eu des relations avec deux autres types, et c'était peut-être ce non-dit qui outrait à mes yeux ses proportions. Tandis que Suzana, elle, n'en était qu'à ses tout débuts. Peut-être que, plus tard, à force de dissimulation, son sexe aussi se ferait plus complexe... Plus tard, lorsque je n'y aurais plus droit...

10

La brusque déflagration de la fanfare me fit sursauter. Le défilé commençait.

C'était toujours le même traintrain qu'on avait vu tant de fois à la télévision. Les gymnastes et leurs perches surmontées de drapeaux, les bouquets et les couronnes de fleurs avec lesquels ils composaient des figures tout en avançant. D'autres carrés bicolores de jeunes sportifs, filles et garçons, les suivaient. Sans doute seraient-ils suivis par les entreprises avec à leur tête, comme toujours, les métallurgistes, puis les mineurs, les gens du textile, les employés du commerce, ceux de la culture, puis les quartiers, puis les écoles, ouf... Dans un raide balancement se succédaient au-dessus des têtes les portraits géants des membres du Bureau politique. Mon regard s'attacha à un seul d'entre eux, celui du père de Suzana. Pourquoi avait-il exigé de sa fille un pareil changement dans sa toilette et ses fréquentations ? Quel message fallait-il y voir ? Quel symbole ?

Si ç'avait été une mesure prise sous l'empire de la peur (si sa carrière avait connu un creux), c'eût été parfaitement compréhensible. Or non seulement il n'était pas sur la mauvaise pente, mais, au contraire, il s'élevait de jour en jour. Et c'était justement cette ascension qui avait engendré le mot « sacrifice » et l'avait appliqué à la réorientation de l'avenir de Suzana.

Son portrait était maintenant presque à la hauteur de la tribune. Pour la dixième fois, je m'écriai à part moi : de quel signal s'agit-il ?

Des années auparavant, la terrible campagne contre la libéralisation dans la culture avait elle aussi débuté ainsi, de manière quasi imperceptible. Une lettre était parvenue de la province de Lushnje, avec quelques remarques concernant la robe de la présentatrice du festival de la chanson à la Radio-Télévision. Du service musical, la lettre, accompagnée de sourires narquois et de commentaires moqueurs, était passée entre les mains d'un des sous-directeurs de la Radio. (Bon, la robe un peu longuette de la présentatrice les aura choqués. Hé, c'est qu'ils sont d'un autre âge, ceux-là, rien à faire ! Ils comprennent tout de traviole ! Tu ne peux même pas leur en vouloir... à moins qu'il ne s'agisse de provocateurs ?) À peu près dans le même esprit que les précédents, le sous-directeur, moins sérieusement qu'à titre de curiosité, avait montré la lettre au directeur de la Radio.

Craintif de nature, celui-ci n'en avait pas ri, sans en faire pour autant un problème. Il avait simplement déclaré : Il faut faire attention avec ces choses-là, c'est parfois comme ça que les emmerdes vous tombent dessus – propos qui avaient aussitôt refroidi le sous-directeur. Et ce n'est que quarante-huit heures plus tard, alors qu'ils prenaient ensemble le café avec le directeur général de la Radio-Télévision, le « Big Boss », comme ils l'appelaient, et que celui-ci, au milieu d'une bruyante hilarité, s'était enquis de la « fameuse lettre de Lushnje », que le sous-directeur s'était senti définitivement soulagé.

Ils s'étaient donc esclaffés en chœur autour d'un café, lui, le directeur général de la Radio-Télévision, secrétaire du bureau du Parti, et jusqu'au craintif directeur de la Radio.

Mais, bien vite, ils avaient dû ravaler leurs rires. Une semaine plus tard, le directeur général avait reçu un coup de fil d'une section du Comité central à propos de cette même lettre. On lui demandait pour quelle raison il n'y avait pas été répondu. Le directeur s'était insurgé : il n'était pas du ressort de la Radio-Télévision de donner suite à toutes les lettres reçues, surtout lorsqu'elles étaient aussi stupides.

Tous ceux qui avaient eu vent de ce qui s'était passé, y compris les subalternes qui ne portaient pas le « Big Boss » dans leur cœur et qui eussent été ravis d'apprendre qu'il s'était

fait tirer les oreilles, furent d'avis qu'en l'occur-
rence il avait raison et que, vrai, on commençait
à en faire un peu trop avec ces lettres émanant
de la base.

Cependant, quelques jours plus tard, le
directeur général fut convoqué au Comité central
d'où il rentra la mine défaite. L'après-midi eut
lieu une réunion au cours de laquelle le secrétaire du bureau du Parti rappela l'attention
qu'il convenait d'accorder aux remarques
venant de la base, puis il conclut par une autocritique personnelle. À sa suite prit brièvement
la parole le directeur général qui, après avoir
souligné à quel point il était néfaste de sous-
estimer les avis de la masse, fit à son tour (épisode sans précédent !) une autocritique ayant
pour objet la lettre de Lushnje.

À nous, employés de la Radio-Télévision,
tout cela parut excessif. À l'issue de la réunion
et les jours suivants, nous débattîmes à maintes
reprises sur la nécessité d'une pareille atteinte à
l'autorité du directeur général pour une pareille
vétille. Tous étaient d'avis que ça n'était pas
convenable. D'autant moins qu'il était lui-
même membre du Comité central et que, dans
le cas d'espèce, après tout, il n'avait fait que
défendre les intérêts de l'institution.

Encore convient-il de préciser qu'en plus
d'être estomaqués, tous (y compris sans doute le
directeur lui-même), nous éprouvions une

manière de soulagement. Voilà qu'était enfin exaucé (ainsi interprétions-nous cet acharnement) le vœu de tel ou tel de voir un brin rabattu le caquet du « Big Boss ». Deux-trois paroles de circonstance, calquées sur les slogans qui ornaient les murs (Sans relâche nous devons apprendre du peuple... Ne nous écartons jamais de la simplicité, etc.), et l'affaire serait classée. L'autocritique était vraiment un remède aux vertus miraculeuses.

Il ne venait à l'esprit d'aucun que nous nous trompions sur toute la ligne. Une semaine plus tard, après la réunion du Parti au cours de laquelle on nous rapporta que le patron ainsi que nos autres supérieurs avaient réédité leur autocritique, mais cette fois avec plus d'application et de gravité, on nous signala une réunion du collectif. (Se peut-il que ce soit encore pour cette histoire ? Je n'arrive pas à y croire. Est-il concevable qu'on continue encore à parler de ça, qui plus est en assemblée générale ?)

L'objet de la réunion était bien celui que nous subodorions. Un représentant du Comité central dardait en permanence son regard sur les participants. J'ai comme l'impression que vous avez traité un peu trop à la légère cette affaire, camarades. Vous vous êtes contentés de quelques autocritiques superficielles, sans chercher à explorer les causes du mal, ses racines. Mais le Parti ne se laisse pas abuser aussi facilement !

Les yeux du « Big Boss » étaient empreints de lassitude. Las aussi, les autres visages. Car ce n'était que le tout début d'une succession de réunions que nous allions devoir suivre, telles les étapes d'un calvaire, pour en ressortir méconnaissables, couverts d'estafilades, d'ecchymoses, de marques indélébiles.

Comme ils avaient l'air d'appartenir à une autre ère, nos raisonnements initiaux sur la sauvegarde de l'autorité du directeur général, la crainte qu'il ne s'offusquât, etc. ! Il s'agissait désormais de tout autre chose : échapper à la grêle qui s'abattait sur nous tous. Chaque jour nouveau apportait les modifications les plus inattendues dans notre psychisme. Ce qui, la veille encore, paraissait absurde, inimaginable, proprement impossible, devenait soudain tout à fait acceptable et, dès le lendemain, contribuait à abolir une nouvelle frontière encore plus effrayante.

Le premier à en prendre pour son grade fut le directeur de la Radio. Il avait cru se justifier en avançant qu'il avait témoigné d'une certaine inquiétude à propos de cette lettre de Lushnje, disant (ce qui était exact) qu'« il faut faire attention avec ces choses-là, c'est parfois comme ça que les emmerdes vous tombent dessus », mais c'est justement ce qui précipita sa perte. Puisque cela t'a inquiété, pourquoi n'as-tu pas soulevé le problème ? Pour ne pas te faire mal voir du directeur général ? Par servilité, ou pire encore ? Parle, camarade, interroge-toi ! Tu es encore plus dangereux que ces têtes en l'air. Tu vois le mal en face et tu fermes les yeux !

Après la relégation du directeur de la Radio, à la campagne puis dans les mines, la plupart crurent que le bouc émissaire ayant enfin été trouvé, la fureur de la grêle allait retomber. Mais il n'en fut rien. Les réunions s'enchaînèrent au même rythme ravageur. Le plus terrible, c'était de nous rendre compte que nous nous faisions à l'idée de ce qui, la veille encore, n'était qu'un pressentiment trop sombre pour paraître plausible. Au fond du gouffre, un nouveau trou se creusait, et chacun de penser : Oh non, pas plus loin, il y a une limite à tout, c'est déjà assez abominable comme ça ! Mais, le lendemain, l'abominable était au rang de ce qui ne surprenait plus personne. Pis encore : les consciences flageolantes s'évertuaient à lui trouver une justification.

Jour après jour, nous nous sentions un peu plus happés par l'engrenage de la culpabilité collective. Nous devions intervenir, accuser, couvrir de boue, à commencer par soi, puis tous les autres. Mécanisme on ne peut plus diabolique : après s'être soi-même souillé, il devenait facile de tout salir autour de soi. Chaque jour, chaque heure qui passait s'accompagnait d'un dépérissement de toutes valeurs morales. Une ivresse malsaine gagnait les esprits : l'euphorie de la déchéance, de la fange généralisée. Vends-moi, mon frère, je ne t'en voudrai pas, je t'ai moi-même déjà vendu tant de fois à ce jour… Et la corde de la faute collective de se resserrer sans cesse un peu plus.

À première vue, on eût pu croire que tout cela n'était qu'une machine de guerre mise en branle par la méchanceté, l'ambition, l'esprit de vengeance. Mais, à y regarder de plus près, les choses étaient plus complexes. À l'instar d'un minerai mélangé aux matériaux les plus dispa-rates, les ingrédients les plus contradictoires s'y trouvaient mêlés : la cruauté, la compassion, le repentir, la joie incontrôlée de ne pas avoir été frappé, remplacée aussitôt par la crainte supers-titieuse d'avoir à la payer. L'absence totale de cohérence et de logique ajoutait encore au fata-lisme. Étaient ainsi frappés ceux qui s'étaient abstenus de participer à l'hystérie, suscitant alors une étrange commisération qui revêtait la forme du ressentiment (Les pauvres ! mais, d'un autre côté, c'est bien fait, ils avaient cru un peu vite s'en tirer à bon compte…). Étaient aussi frappés les hystériques, ceux qui avaient voci-féré plus fort que les autres contre les accusés, qui avaient requis les plus lourdes peines à leur encontre ; et leur chute suscitait une vague de satisfaction (Bien fait ! Tout finit par se payer ici-bas…). Écopaient ceux qui s'étaient obstinés, refusant d'emblée de faire leur autocritique, mais tout autant, si ce n'est plus bas encore dégringolaient ceux qui s'étaient hâtés de battre leur coulpe et de fournir des éléments à charge contre eux-mêmes.

Impossible de saisir ce qui était préférable : se recroqueviller ou se déchaîner, être un personnage en vue ou un type ordinaire, être au Parti ou sans parti. Comme lors d'un tremblement de terre, les gens couraient en tout sens afin de trouver un abri sûr, mais celui qui avait l'air à toute épreuve soudain s'effondrait. Tout bougeait, rien ne restait en place, et cette instabilité se reflétait dans les pensées et les comportements. Disloqués les raisonnements, dissipées toutes velléités de résistance, a fortiori de révolte. Nul ne se serait hasardé à interroger : mais que se passe-t-il, et pourquoi ? Et pas plus qu'à l'égard de la foudre ne venait vous effleurer la moindre réaction de colère.

Était-ce calculé que la machine déboulât de la sorte au milieu de la mêlée générale au-dessus de laquelle, inaccessible Fatum, se dressait l'État, ou bien quelque mystérieux concours de circonstances avait-il favorisé son fonctionnement à toute épreuve ? À l'évidence, la soudaineté des frappes, l'imprévisibilité de leur provenance et, par-dessus tout, le choix aveugle de leurs cibles suscitaient, en même temps que la terreur, une languide admiration pour le Pouvoir.

Amoindris, l'âme en capilotade, nous passions d'une réunion à l'autre, chaque fois plus disloqués. Un camarade qui avait travaillé au tribunal m'avait rapporté qu'un ramollissement comparable s'emparait des détenus dans la solitude de leur cachot, surtout lors de la première phase d'instruction. Quoique à l'air libre, dans le brouhaha de la foule, nous étions apparemment aussi seuls qu'entre les murs d'une cellule. Peut-être même plus encore.

Lointaine, improbable, telle l'étincelle jadis annonciatrice de quelque fléau, semblait désormais la lettre de Lushnje. Où se trouvait-elle maintenant, dans quel tiroir d'archives ou quel musée ? Et la robe un peu longuette de la présentatrice, celle qui avait suscité cette lettre fatale, dans quelle penderie avait-elle été remisée ?

Si quelqu'un avait dit que cette lettre qui s'était attirée les sarcasmes du directeur général, l'autre matin, à l'heure du café, il y avait de cela un siècle, serait un jour cause de son renvoi, tous auraient rigolé comme des bossus. Pourtant l'heure en était venue et il ne se trouva personne pour s'en étonner. Une forme de soulagement parut même s'emparer de nous tous. L'abcès était enfin crevé ! Tout le monde allait enfin pouvoir connaître l'apaisement, à commencer par lui-même. Difficile, certes, d'envisager sanction plus humiliante pour un membre du Comité central : sa mutation, en tant que gérant des services municipaux, dans la petite bourgade de N. Mais, après tout, il n'y sera pas si mal, entendait-on commenter çà et là. Il disposera d'une bagnole, bon, plutôt en piteux état, mais une voiture tout de même. C'est mille fois mieux que de se consumer d'angoisse.

De fait, on pouvait voir les choses sous cet angle, d'autant plus que la tornade, après s'être plus ou moins éloignée de la Radio-Télévision, déversait désormais sa fureur sur toutes les institutions culturelles. On disait que de graves erreurs d'inspiration libérale s'étaient multipliées un peu partout : à l'Union des Écrivains et Artistes, dans les publications, au cinéma...

11

La fanfare épousait maintenant le rythme de mes pensées. Pendant un moment, il m'avait semblé qu'elle s'était tue pour éclater de nouveau plus bruyamment encore. En fait, elle n'avait jamais cessé. Ce n'avait été qu'une impression, peut-être due au fait qu'absorbé à revivre les événements qui s'étaient déroulés à la Radio-Télévision je m'étais, sans m'en rendre compte, approprié cette musique pour la leur incorporer, scandant de ses frénétiques et funestes flonflons les affres de cette folie passée.

Le typhon avait aspiré les uns après les autres écrivains, ministres, idées réputées droitières, films, hauts fonctionnaires, pièces de théâtre. Dans le tohu-bohu général, l'expression « déviation de droite à la Culture » s'était fait entendre à plusieurs reprises, bientôt suivie par ces vocables encore plus terribles : « groupe antiparti ».

Au vu de ce qui se passait à présent dans la capitale, les conditions de vie de l'ex-directeur général de la Radio-Télévision dans la petite ville de N., ces conditions mêmes qui avaient d'abord paru à la plupart si dégradantes, semblaient maintenant idylliques. N'avoir à répondre que des peintres en bâtiment, des réparateurs de lavabos ou de bains publics : une vraie oasis de paix par comparaison avec ces secteurs constamment malmenés par la tempête qu'étaient devenus ceux de l'Idéologie et de l'Art. Il y en eut certainement pour l'envier en secret...

Mais même cette paix ne dura pas. Un délégué débarqua un jour à N. afin de participer à la réunion de la cellule de base du Parti au sein de laquelle se cantonnait désormais toute l'action politique de l'ex-patron de la Radio-Télévision. Qu'avez-vous à déclarer au Parti à la lumière des événements survenus ces derniers temps ?

La réunion à l'issue de laquelle il perdit tout ce qui lui restait – appartenance au Comité central, carte du Parti, poste de gérant des services municipaux et voiture de fonction – ne fut pas bien longue. Se sentit-il allégé d'avoir enfin touché le fond lorsque, le matin suivant, il se présenta en tant que simple manœuvre municipal, dans un vieux bleu de travail, avec sur la tête un de ces bonnets en papier que portent les peintres pour se protéger des éclaboussures de chaux ? Nul n'aurait pu le dire, car, à compter de ce jour, personne ne lui adressa plus la parole. Selon les semaines il travaillait en tant que peintre, ou bien aidait à la pose du carrelage dans les cabinets de toilette des appartements, son bonnet maculé sur la tête, taciturne et anonyme.

Mais, quoique tardivement, l'apaisement eût sans doute fini par le gagner, ce mol apaisement qui semblait émaner des seaux de peinture, des blancs carreaux de faïence, et par-dessus tout du silence de l'anonymat. Aussi les coups frappés à sa porte au petit matin de son arrestation durent-ils être traumatisants pour lui. Il était donc écrit qu'il connaîtrait de nouveau l'angoisse de la chute au moment précis où il lui semblait avoir atteint le fond du gouffre, enfin à l'abri de toute nouvelle dégringolade.

La question du « pourquoi », cette maudite interrogation qui ne l'avait pas lâché d'une semelle tout au long de sa déchéance, jusqu'à ce jour où on lui passa les menottes, allait au moins finir par trouver une réponse.

Pourtant, non seulement ce ne fut pas le cas, mais elle se fit pour lui de plus en plus insaisissable, au fur et à mesure de l'instruction, dans la solitude de sa cellule. Et il en fut ainsi jusqu'à la lecture de l'acte d'accusation, puis d'un verdict de plomb : quinze ans de prison.

À la suite de quoi il dut enfin se sentir soulagé. Soulagement garanti, que rien ne pouvait plus menacer et dont le goût s'apparentait presque à celui du bonheur... Car ce trou béant, obscur et sans nom, quelque part dans les mines de chrome, comment aurait-il pu le connaître ? Et à l'instant où, dans la pénombre, une main l'y précipita, il n'eut plus guère le temps de penser à quoi que ce soit. La chute était si brève qu'elle ne laissait guère de loisir pour les interrogations, les dilemmes ou les regrets. Peut-être s'arracha-t-il à ce monde dans un cri, mais celui-ci dut être aussi instinctif que le geste de déployer ses bras dans une vaine tentative pour se retenir aux parois de l'abîme tandis qu'il tombait. Mais ce battement désespéré des bras, vague réminiscence que l'instinct de survie avait fait resurgir d'époques reculées où des hommes-oiseaux sillonnaient les airs, demeura invisible à tout regard humain. Peut-être fut-ce cette absence de témoins qui conféra une dimension irréelle à sa chute, l'apparentant au plongeon dans les ténèbres du monde d'en bas tel que le raconte l'ancien conte.

Mais où trouver les aigles pour en remonter, et, à supposer qu'on y parvienne, ne sera-ce pas à l'état de squelette ?

12

La fanfare continuait à tonitruer avec allégresse. Au pied de la tribune défilaient maintenant les mineurs, coiffés de leurs casques en plastique qui les rapetissaient. Peut-être ceux-là viennent-ils du chrome, pensai-je. Je m'étais si souvent évertué à oublier cette histoire, mais elle m'obsédait. Je ne devais sans doute pas être le seul à m'être demandé peut-être des centaines, voire des milliers de fois si la fameuse lettre était bien partie autrefois de Lushnje ou si elle n'avait pas été rédigée ailleurs, et, banalisée, jetée discrètement dans une de ces boîtes qu'on voit plantées çà et là au coin des rues.

La purge au sein de l'Armée, qui éclata juste après celle de la Culture, commença de même manière : d'après ce qu'on racontait, c'était une manœuvre de chars face au siège d'un comité de Parti de *rayon* qui en était présentée comme la cause. Tandis que la campagne d'épuration au sein du secteur productif fut déclenchée, elle, par une poignée de minerai. Cette poignée à l'éclat douteux, qui signait la tentative de sabotage, cette poignée qui, à l'instar de la robe de la présentatrice et du plan de manœuvre des chars, entraîna un tel cortège de cercueils, quelqu'un avait réussi à la faire remonter jusqu'au Comité central.

Assez ! m'intimai-je à plusieurs reprises. Je ne voulais plus me souvenir de rien, j'aspirais à demeurer seul avec mon chagrin. Mais les mêmes pensées ne cessaient de m'obséder. La robe, le plan de manœuvre, le minerai à l'éclat douteux... Mais quel éclat pouvait-il bien renvoyer, si ce n'est celui de l'Au-delà ?

Ce qui s'était déroulé dans notre salle de réunions s'était réédité parmi des groupes aux destins divers, à de bien plus vastes dimensions à l'échelle nationale. Les militaires qui, au début, avaient observé d'un œil goguenard la déconfiture des artistes et s'en étaient gaussés (Bien fait pour ces messieurs les libéraux, si chouchoutés, qu'ils en bavent enfin un peu !), tremblèrent comme des roseaux lorsque la grêle s'abattit sur eux. Plus tard, ceux du secteur productif, qui s'étaient gobergés de l'assurance initiale des militaires, subirent le même sort. Tous les autres secteurs ravalèrent dès lors leurs commentaires sarcastiques et attendirent anxieusement leur tour.

Tels les accès réitérés d'une même fièvre se succédaient les attitudes déjà familières : perte de sang-froid, prostration, tentatives pour justifier le manque de courage, soumission, lâchage des victimes. (Pas de fumée sans feu : sinon, pourquoi seraient-elles si sévèrement punies ?) Jusqu'au Valium qui était devenu introuvable en pharmacie (et en demander éveillait désormais les soupçons). Éclatement des couples, dépressions nerveuses, folie.

Le tout annoncé par le triptyque composant cet horoscope fatal : nature morte avec robe longue de présentatrice, carte d'état-major et poignée de minerai. Mais, sur la toile, il y avait encore de la place – pour Suzana...

Je la cherchai des yeux entre le vallonnement des épaules, jusqu'à ce que je l'eusse trouvée. Et toi, ma douce, ma funeste amie, de quel signe es-tu donc porteuse ? murmurai-je.

Si tout cela était advenu avant les grandes purges, si quelqu'un se fût donc avisé autrefois de penser que le changement dans la façon dont s'habillait la fille d'un haut dirigeant pût être annonciateur de tempêtes politiques, et si, par suite, il eût consulté des livres sur la mythologie antique afin d'y trouver Dieu sait quelles terrifiantes similitudes, il se fût exposé au risque de passer pour un cinglé, voire pour un de ces agités prêts à jeter à tout propos de l'huile sur le feu et ne trouvant leur plaisir que dans la dramatisation du quotidien.

Mais les campagnes d'épuration avaient bien eu lieu entre-temps, et même si leur écho s'était estompé depuis longtemps, à l'instar des grands fleuves qui laissent partout après leurs crues des traces de leur passage, en chacun de nous elles avaient déposé diverses strates de boue. Il suffisait ainsi du moindre signe, jadis imperceptible, pour que le cœur et l'esprit s'alarmassent. Comme dans une ronde diabolique ressuscitaient alors tous les spectres assoupis, une attention quasi superstitieuse portée aux symboles, une vigilance maladive, puis, successivement, les soupçons, les pressentiments, les vieilles angoisses.

Ce n'étaient donc pas tant le livre de Graves ni le fait que le père de Suzana fût un haut dirigeant, ni même telle ou telle autre similitude fortuite qui avaient engendré dans mon esprit l'analogie avec le drame antique. C'était tout simplement ce qui était advenu quelques années auparavant, qui continuait tyranniquement à nous tenailler, moi comme les autres. Sans ces événements, les propos de Suzana sur la nécessité d'un changement de mode de vie n'eussent en fait constitué que l'usage par lequel une jeune fille de bonne famille sur le point de se fiancer fait étalage de son indispensable correction morale.

Dans la tribune se propagea un léger remous accompagné de chuchotements : Quoi ? Que se passe-t-il ? Quelques instants s'écoulèrent avant qu'on apprît que, quelque part du côté de la tribune D ou B, les diplomates des pays de l'Est étaient en train de quitter leurs places. Le même scénario se renouvelait chaque année sitôt que, dans le défilé, apparaissait la première pancarte fustigeant le pacte de Varsovie. Quelques minutes plus tard, lorsque, portée par un garçon longiligne, parut la pancarte portant le slogan « Théorie des trois mondes – théorie réactionnaire », les Chinois s'esbignèrent à leur tour.

Un rire étouffé parcourut les tribunes.

Les pancartes qui avaient causé le départ des diplomates des pays de l'Est étaient entre-temps arrivées à notre hauteur, mais, d'un regard hébété, je continuai de fixer les autres : « Nous devons vivre comme en état de siège... » « Discipline, entraînement militaire, travail productif »...

Du coin de l'œil, je lorgnai les invités qui m'entouraient : lequel, parmi les gens d'ici, devrait à son tour quitter un jour la tribune ? Car chacun avait déjà, programmées, la date et l'heure de son départ de la loge des réjouissances...

Estimant que c'était celle où devait se trouver Th. D., je tournai la tête vers la tribune B dans une dernière tentative pour l'apercevoir.

Était-ce pour lui l'heure de la quitter, ou bien avait-elle déjà sonné sans qu'il s'en fût aperçu ?

Et toi ? me dis-je. Toi qui t'amuses à supputer celle des autres, connais-tu seulement ton heure ?

Le scintillement du peigne dans les cheveux de Suzana fit à nouveau converger mes pensées vers elle. Non, en aucun cas il ne pouvait s'agir d'une simple volonté de moraliser son image, d'une éphémère retenue précédant ses fiançailles, ni d'un conseil que le Guide suprême aurait pu prodiguer à son père. (Il faudrait faire montre d'un peu de discrétion, ne serait-ce qu'à titre provisoire. On jase un peu trop sur les frasques de nos enfants, ces derniers temps.) Non, plus distinctement encore que Cassandre, je voyais les cercueils et la hache sanglante du bourreau au-dessus de l'autel.

Le portrait de Staline approchait désormais, décrivant de légers et réguliers ondoiements calqués sur le pas des porteurs. Ses yeux plissés par un sourire rentré occupaient tout l'horizon. Ton fils Iakov, pourquoi l'as-tu sacrifié... ?

Je ne parvenais pas à quitter du regard l'immense toile ondoyante. Ton fils Iakov, répétai-je, paix à son âme...

Je fus surpris par l'irruption de cette expression désuète, complètement bannie du langage courant de notre génération. Des dizaines d'expressions semblables, douces et compatissantes, rappelant la fragilité de la condition humaine, avaient été bannies de notre quotidien. De même que les clochers, les prières, les cierges, et avec eux la pitié, le repentir... Seigneur, tout avait été si parfaitement éradiqué afin que plus rien ne s'opposât au triomphe du crime !

Iakov, ton fils, paix à son âme, pourquoi l'as-tu offert... ? Chaque jour, les maréchaux tentaient de te faire revenir sur ta décision. Les échanges de prisonniers de guerre étaient monnaie courante. A fortiori dans le cas de ton fils. Ne serait-ce, pour commencer, que pour ton propre équilibre, dont dépendait en pareilles circonstances le destin de tous. Mais tu t'es buté : non et non ! Qu'avais-tu donc en tête, ô sphinx, lorsque tu répondis de la sorte ?

Le portrait du père de Suzana apparut peut-être en dixième position, non loin de Staline. Jamais tu ne pourras comprendre la raison du changement de Suzana, me disait son regard. Tu auras beau pénétrer son sexe, et même son cœur, jamais tu ne sauras ce qu'elle-même ignore.

Les rangs compacts du défilé se succédaient à l'infini. Ne manquait que le portrait d'Agamemnon. Du camarade Agamemnon Atride, membre du Bureau politique, maître absolu de tous les sacrificateurs à venir. En tant que fondateur, que classique du genre, il connaissait sans doute mieux que quiconque les ressorts de cette affaire.

13

La fin du défilé semblait imminente. Comme l'exigeait la tradition, les institutions culturelles fermaient la marche. L'Opéra et le Ballet, le Kinestudio, l'université de Tirana. Je me dissimulai à demi lorsque, au pied de la tribune, j'aperçus mes camarades de la Radio-Télévision. Puis, se faisant suite, la Régie, le personnel de maquillage, les présentatrices du soir en robes longues de vestales...

Quelques minutes plus tard, c'était fini. Tandis que les derniers carrés de manifestants s'éloignaient d'un pas alerte, après avoir lâché leurs derniers vivats, vers la place Skanderbeg, les tribunes commencèrent à se vider plus vite qu'on ne s'y serait attendu. Les invités descendaient les gradins avec cet air un peu ahuri qui suit d'ordinaire les dîners trop convoités, les procès ou les étreintes amoureuses. À deux ou trois reprises, j'aperçus Suzana que je reperdis de vue aussitôt.

Peu à peu, je finis par me retrouver sur le boulevard parmi le flot des participants qui avançaient nonchalamment sous un soleil qui soudain paraissait brûlant. Des reliefs de couronnes et de fleurs artificielles jonchaient un peu partout le sol. Des ballons crevés, piétinés, gisaient dans la poussière. Les immenses portraits, que nul n'essayait plus de maintenir droits, penchaient de côté, lançant des regards obliques, parfois même la tête en bas. Partout se faisaient sentir fatigue, suée, relâchement général.

Sans doute était-ce ainsi qu'il y a deux mille huit cents ans les soldats grecs s'en étaient revenus du lieu du sacrifice d'Iphigénie. Le visage pâli par la vue du sang répandu sur l'autel, avec dans la poitrine un creux qui semblait ne plus jamais devoir les quitter. Ils ne disaient mot, leurs pensées se faisaient d'ailleurs rares ou se répétaient fastidieusement. Jusqu'alors bien décidé à déserter à la première occasion, le soldat Teukr avait désormais l'impression que ce projet remontait à un lointain passé. Tout aussi étrangère semblait à cet autre soldat, Idoménée, sa résolution de répliquer au commandant en chef au premier mot brutal qu'il proférerait. Pareil pour Astyanax qui avait songé à se faire la belle, sans permission, pour rendre visite à sa fiancée, ce qui lui avait paru jusque-là d'autant plus aisé que grandissait en lui le sentiment de manque. Tout ce qui était léger, joyeux, propre à dissiper quelque peu les tensions de la guerre

— blagues, laisser-aller, soirées de bamboche au bordel... — était en train de vaciller dangereusement. Si le chef suprême, Agamemnon, avait sacrifié sa propre fille, c'est qu'il n'y aurait de pitié pour qui que ce soit. Déjà la hache s'était enduite de sang...

Brusquement, j'eus l'impression de saisir l'explication de l'énigme. Le sentiment de découverte fut tel que je retins mes pas et fermai les yeux comme si la vue du monde réel risquait de me masquer ce qui commençait enfin à s'élucider... Iakov, paix à son âme, avait été sacrifié non pas afin de subir le même sort que n'importe quel autre soldat russe, ainsi que l'avait prétendu le dictateur, mais afin de conférer à ce dernier le droit d'exiger la mort de n'importe qui. De même qu'Iphigénie avait donné à Agamemnon le droit de déclencher la boucherie...

Rien à voir avec la conviction que le sacrifice apaiserait les vents qui empêchaient la flotte de lever l'ancre, ni avec un principe moral prônant l'égalité devant la mort de tous les gars de Russie — non, il s'agissait simplement d'un cynique calcul de tyrans.

Toi aussi, je sais ce que tu essaies d'obtenir par le truchement de Suzana... Ta hache ne sera sans doute pas tachée de sang, mais, pour immaculée qu'elle soit, elle peut encore frapper cruellement.

Peut-être l'avais-je subodoré depuis longtemps, approchant pas à pas de la vérité depuis
que Suzana m'avait fait part de sa décision. Ce
qu'exigeait son père semblait peu de chose, mais
c'était bien plus encore. Quoique échappant à la
vue, c'était un sacrifice digne de figurer parmi les
plus meurtriers. Plus lugubre, sans conteste, que
tous les cercueils qui avaient suivi la lettre de
Lushnje, la poignée de minerai à l'éclat douteux
ou la fatale carte d'état-major... Les soirées étouf-
fées de milliers de vies humaines comptaient-elles
moins qu'un monceau de cadavres ? Et tant de
fins d'automne dénaturées, de conversations
d'après dîner asphyxiées comme par un gaz indé-
celable, les hivers avec leurs senteurs hivernales
et leurs neiges passées à l'as, tout comme les
bancs bleus escamotés en bordure des piscines,
l'animation des cafés estudiantins, les tangos, les
pendules de bronze sonnant minuit à l'entrée
d'appartements silencieux, les cheveux qu'on
lisse devant la glace, et les bijoux, et les four-
rures, et les fards fatigués...

Oui, c'était un dessèchement définitif de la vie
qu'annonçait Suzana. De cette vie qui, tel le
cactus en plein désert, avec peine était parvenue à
concentrer en soi quelques ultimes gouttes.

Tu étais rien de moins que le poison et le
spectre de la peste ! m'écriai-je mentalement.
C'était bel et bien la suite des campagnes
qu'avaient suscitées la lettre de Lushnje, le

minerai et la carte d'état-major. Et non seulement nul Calchas n'en avait prodigué le conseil, mais le père de Suzana l'ignorait sans doute lui-même. Quelqu'un d'autre, le Guide suprême, lui qui était en train de le désigner comme son successeur, le lui avait certainement demandé. (Papa est un cœur tendre, m'avait confié Suzana, il ne sait pas ce qu'est une réprimande...)

Peut-être le Guide avait-il saisi lui aussi sa nature profonde et lui avait-il dit à sa manière : Choisis l'une des deux haches. Si tu ne te sens pas de te servir de l'ensanglantée, prends l'immaculée. Mais, dès maintenant, de mon vivant, montre ce dont tu es capable. Frappe ! Si l'on sait s'en servir, l'immaculée peut se révéler encore plus redoutable que l'autre.

C'était donc cette seconde hache qu'annonçait Suzana. Lassé des frappes de l'autre, l'ensanglantée, le pays allait être en butte à une nouvelle forme de terreur.

Mon Dieu, préserve ce pays de la déshumanisation, m'écriai-je à nouveau en mon for. Protège-le d'un délitement supplémentaire. Car ce que la touffeur et la poussière asiatiques n'ont su lui faire, il est en train de se l'infliger à lui-même !

Les pancartes sur les épaules des manifestants harassés se balançaient de droite et de gauche : « Révolutionnarisons davantage la vie »...

« Étude, travail productif, entraînement militaire »…

Mais c'est cela que j'ai eu sous les yeux durant tout le défilé ! songeai-je. C'étaient ces formules qui n'avaient eu de cesse de revenir au cours de toutes ces dernières années. C'étaient elles qui étaient censées se substituer au halètement amoureux, à la mélancolique verrière du crépuscule, aux bijoux, aux harmonies des bals. Le travail productif, l'entraînement militaire, l'étude des œuvres du Guide… Mais, puisqu'elles n'étaient pas parvenues à s'y substituer, une nouvelle campagne s'annonçait.

Travaillons, vivons, pensons en révolutionnaires… Révolutionnarisons toutes choses… Combien d'années d'une telle aridité faudrait-il pour réduire la vie à un champ de pierraille ? Et tout cela pour la simple raison qu'ainsi flétrie, racornie, la vie serait plus facile à contrôler.

Les tempes martelées, je ne parvenais toujours pas à refréner le cours erratique de mes pensées. Comment diable révolutionner le sexe de la femme ? Car s'il fallait s'attaquer aux fondements, c'était par là qu'on devait commencer : par la source de toute vie… Rectifier son aspect, le sombre delta qui le surplombait, le trait humide des lèvres… Le rééduquer en le privant de toutes les séquelles du passé : l'orgasme, les millénaires réminiscences du plaisir…

J'aurais éclaté de rire si je ne m'étais senti aussi effrondré.

Le triangle révolutionnaire : étude, travail productif, entraînement militaire... Et le noir triangle du sexe des femmes, qu'allait-il devenir ? Un delta craquelé, en proie à la désolation, surmonté par quelques misérables herbes jaunes des steppes ?

Jamais encore la foule des pancartes n'avait atteint une pareille densité. Ah, voici enfin la fameuse où il est question d'herbe : « Nous mangerons de l'herbe s'il le faut, mais jamais nous ne renoncerons aux principes du marxisme-léninisme ! »

Aveugle ! m'interpellai-je. La vérité était sous tes yeux et tu allais chercher des indices trois mille ans en arrière... Tu compulsais des livres et te torturais les méninges pour quelque chose qui n'en avait nul besoin.

Mais quoi ? me dis-je peu après. Où était mon erreur ? Le signal que m'avait transmis Suzana était net et précis : c'était le principal. Cependant qu'Iphigénie ensanglantée, de son côté, ne contredirait personne par son témoignage, bien au contraire.

Tout se répétait comme jadis, mais peut-être encore plus cruellement. Sur la côte d'Aulide, les vaisseaux grecs partent les uns après les autres en direction de Troie. Les ancres arrachent de lourds galets qui retombent bruyamment dans les eaux écumantes. L'une après l'autre se rompent les amarres tels d'ultimes espoirs.

La guerre de Troie a commencé.

Plus rien ne s'oppose au dessèchement de la vie.

Tirana, 1985.

DU MÊME AUTEUR

Le Général de l'armée morte, roman, Albin Michel, 1970.
L'Hiver de la grande solitude, roman, Fayard, 1978 ;
nouvelle édition 1999.
Le Crépuscule des dieux de la steppe, roman, Fayard,
1981.
Le Pont aux trois arches, roman, Fayard, 1981.
Avril brisé, roman, Fayard, 1981 ; nouvelles éditions
1997, 2001.
La Niche de la honte, Fayard, 1984.
Les Tambours de la pluie, roman, Fayard, 1985 ; nou-
velle édition 2001.
Chronique de pierre, roman, Fayard, 1985 ; nouvelle
édition 1998.
Invitation à un concert officiel et autres récits, nouvelles,
Fayard, 1985.
Qui a ramené Doruntine ?, roman, Fayard, 1986.
L'Année noire, suivi de *Le cortège de la noce s'est figé dans
la glace*, récits, Fayard, 1987.
Eschyle ou le Grand Perdant, Fayard, 1988 ; nouvelle
édition 1995.
Le Dossier H., roman, Fayard, 1989.
Poèmes (1958-1988), Fayard, 1989 ; nouvelle édition
1997.
Le Concert, roman, Fayard, 1989.
Le Palais des rêves, roman, Fayard, 1990.
Le Monstre, roman, Fayard, 1991.
Printemps albanais, Fayard, 1991.
Invitation à l'atelier de l'écrivain, suivi de *Le Poids de la
Croix*, Fayard, 1991.
La Pyramide, roman, Fayard, 1992.
La Grande Muraille, suivi de *Le Firman aveugle*, récits,
Fayard, 1993.

Clair de lune, récit, Fayard, 1993.
L'Ombre, roman, Fayard, 1994.
L'Aigle, récit, Fayard, 1996.
Spiritus, roman, Fayard, 1996.
Trois chants funèbres pour le Kosovo, récits, Fayard, 1998.
Mauvaise saison sur l'Olympe, théâtre, Fayard, 1998.
Novembre d'une capitale, roman, Fayard, 1998.
Il a fallu ce deuil pour se retrouver, Fayard, 2000.
Froides fleurs d'avril, roman, Fayard, 2000.
L'Envol du migrateur, récits, Fayard, 2001.
Vie, jeu et mort de Lul Mazrek, Fayard, 2002.
Le Successeur, roman, Fayard, 2003.
Œuvres, t. I, II, III, IV, V, VI, VII, VIII, IX, X, XI, Fayard, 1993, 1994, 1995, 1996, 1997, 1998, 1999, 2000, 2001, 2002.

AUTOUR DE L'ŒUVRE D'I. KADARÉ

ÉRIC FAYE, *Ismail Kadaré, Prométhée porte-feu*, José Corti, 1991.
Ismail Kadaré, entretiens avec Éric Faye, José Corti, 1991.
MIGJENI, *Chroniques d'une ville du Nord*, précédées de *L'Irruption de Migjeni dans la littérature albanaise*, par Ismail Kadaré, Fayard, 1990.
ANNE-MARIE MITCHELL, *Ismail Kadaré, le rhapsode albanais*, Le Temps parallèle, 1990.
FABIEN TERPAN, *Ismail Kadaré*, Éd. universitaires, 1992.
Ismail Kadaré, Gardien de mémoire, colloque, Association des écrivains de langue française, présenté par Maurice Druon, sous la direction de J. Augarde, S. Dreyfus, E. Jouve, SEPEG International, 1993.

Ismail Kadaré, *Dialogue avec Alain Bosquet*, Fayard, 1995.

Ismail Kadaré, *Les Temps barbares*, entretiens avec Denis Fernandez-Récarala, Éd. de l'Archipel, 1999.

Revue *L'Œil de bœuf*, numéro spécial sur Ismail Kadaré, mai 2000.

Achevé de composer par
PARIS PHOTOCOMPOSITION

Achevé d'imprimer en août 2003
sur presse Cameron
*par **Bussière Camedan Imprimeries***
à Saint-Amand-Montrond (Cher)
pour le compte des Éditions Fayard

35-67-1846-1/01

ISBN 2-213-61646-9

Dépôt légal : septembre 2003.
N° d'Édition : 35452. – N° d'Impression : 033841/4.

Imprimé en France